KB022658

선생님과 함께 읽는 중국인 거리

물음표로 찾아가는 한국단편소설 19

선생님과 함께 읽는 중국인 거리

전국국어교사모임 지음 | 최아영 그림

Humanist

'물음표로 찾아가는 한국단편소설' 시리즈를 펴내며

문학 교육은 아이들이 꿈을 꾸게 하기 위해 필요합니다. 그러나 요즘의 문학 교육은 참고서와 문제집을 통해서만 이루어지고 있습니다. 그래서 문학 수업은 엉뚱한 상상도 발랄한 질문도 없는 밍밍하고 지루한 시간이 되어 버렸습니다. 상상의 여지가 사라지고 질문이 없는 수업은 아이들을 질리게 하고 문학을 말라 죽게 합니다. 그렇다면 어떻게 해야 문학 교육을 살릴 수 있을까요?

무엇보다 학생들이 스스로 생각을 열어 질문을 만들 수 있게 해야 합니다. 매우 상식적인 일이지만, 우리 교육 환경에서는 잘 이루어지기가 어렵습니다. 그래서 전국국어교사모임은 학생들이 스스로 생각을 열고 엉뚱한 상상과 발랄한 질문을 할 수 있는 마중물을 붓기로 했습니다. 이는 말라 버린 문학뿐 아니라 아이들의 메마른 마음에도 물을 붓는 일이 될 것입니다.

교과서에 실린 의미 있는 작품을 골랐습니다 중·고등학교 국어 교과서나 문학 교과서에 실린 단편소설 가운데 오랫동안 많은 사람들에게 널리 읽힌 작품을 골랐습니다. 교과서에 실렸다는 것은 중·고등학생들에게 유용한 작품이라는 것이고, 오래 널리 읽혔다는 것은 재미나 감동, 그리고 생각거리 면에서 어느 하나는 사람들의 마음에 들었음을 뜻하기 때문입니다.

전국의 학생들에게 물었습니다 전국에 있는 수많은 학생에게 소설을 읽혀 보고, 그들이 궁금해하는 것을 모았습니다. 그러고 나서 의미 있는 질문거리들을 일정한 방식으로 배열했습니다.

현직 국어 선생님들이 물음에 답했습니다 전국의 국어 선생님 100여 분이 다양한 책과 논문을 살펴본 다음 질문에 대한 답을 했습니다. 이런 과정을 통해 보다 보편적인 작품의 의미에 접근하고자 했습니다.

교육 과정과의 연관성을 고려했습니다 수업 현장에서 또는 학생 스스로 이용할 수 있도록 했습니다. '깊게 읽기'에서는 인물, 사건, 배경, 주제 등 작품과 직접 관련되는 내용을 다루었으며, '넓게 읽기'에서는 작가, 시대상, 독자 이야기 등을 살펴볼 수 있도록 했습니다.

'물음표로 찾아가는 한국단편소설' 시리즈는 다양하고 깊이 있는 생각을 이끌어 낼 수 있는 소설 감상의 안내서 구실을 할 것입니다. 또한 작품에 대한 해석과 이해의 차원을 넘어서 문화적·사회적·역사적 정보를 폭넓고 다양하게 제시함으로써 문학 감상 능력을 향상시켜 줄 뿐만 아니라, 문학과 가까워질 수 있는 기회를 제공해 줄 것입니다.

전국국어교사모임

머리말

여러분은 어떤 어른이 되고 싶나요? 자신이 어른이 되어가고 있다는 걸 느끼나요? 어른이 된다는 건 멋진 일일까요, 두려운 일일까요? 이런 질문에 대해 다른 친구들은 어떻게 생각할까요?

〈중국인 거리〉는 어린 소녀인 '나'가 한국전쟁 직후, 아홉 살부터 초등학교 6학년이 되기까지의 과정을 독특하게 표현한 소설입니다.

이 이야기는 좀 어렵게 느껴질 수 있습니다. 우선, 시대적으로 전쟁 직후가 배경이다 보니 장면이나 풍경들이 익숙하지 않습니다. 인물 간의 관계가 애매하며 결말도 낯설고 주제도 모호해 보입니다. 여성들의 삶과 정서를 다루기 때문에, 특히 남학생들에게 더 이해가 안 되는 면이 있을 겁니다. 그뿐이 아닙니다. 요즘은 영화같이 일사불란하고 박진감 넘치는 소설도 많은데, 이 소설은 이야기가 분명하지 않고 어수선하고 복잡하기까지 합니다. 그래서 자칫 지루하게 느껴지기도 하고요.

우리는 소설을 읽을 때 구조를 토막 내고, 주제를 명시적으로 뽑아내고, 인물의 성격을 명확하게 분석하려고 하는 경향이 있습니다. 수학처럼 정답이 있다고 생각하기도 합니다. 그런데 이 소설은 그런 접근법으로는 무언가 아귀가 맞지 않습니다. 왜 그럴까요?

작가 오정희는 전쟁과 가난 속에서 결핍과 소외감을 겪었고, 그러한 감정은 치유되지 못한 채로 〈중국인 거리〉에 반영되어 있는 듯합니다. '전쟁'이 구체적인 장면으로 제시되지는 않았지만, '나'의 유년 시절 기억은 '전쟁의 기억'이라고 할 수 있습니다. 삶과 죽음이 뒤엉킨 불안과 두려움 속에서 혼자서 성장을 감당해야 했기 때문이지요. 이렇게 불안하고 두려운 감정을 논리적으로만 표현할 수 있을까요? 그래서 〈중국인 거리〉에는 인용 부호가 없고, 과거와 현재가 섞여서 드나들고, 과거의 이야기끼리 혼란스레 뒤엉켜 있기도 하지요. 어떤 친구들은 이것이 '의식의 흐름'인가 생각하기도 합니다. 그런데 작가는 떠오르는 생각을 되는 대로 말하는 것이 아닙니다. '나'의 혼란과 아픔을 표현하기에 가장 적당한 방법으로, 고심하며 이야기를 들려주고 있는 것입니다.

우리는 이 소설을 이해하는 데 도움이 될 만한 징검돌을 놓아주고자 합니다. 정답이 있는 것은 아닙니다. 다만 여러 단서를 고려하며 소설을 읽다 보면, 어느 결에 '발견의 재미'를 느낄 수 있을 것입니다. 잘 설명되지 않는 기억과 감정을 다룬 낯선 이야기지만, 찬찬히 따라가다 보면 소녀의 마음이 섬세하고 풍성하게 읽힐 것입니다. 그러한 발견이야말로 문학의 매력이고 인간을 이해해가는 일이지요. 그러니 질문을 던지고 품을 들이며 읽어보세요. 고백하자면, 저희도 이 소설을 여러 번 꼼꼼히 읽고 나서야 그 맛을 오롯이 느낄 수가 있었답니다.

2018년 9월

박선미, 최윤영, 홍진숙

차례

3_ 작가는 왜?

넓게 읽기 작품 밖 세상 들여다보기

작품 읽기

중국인 거리

오정희

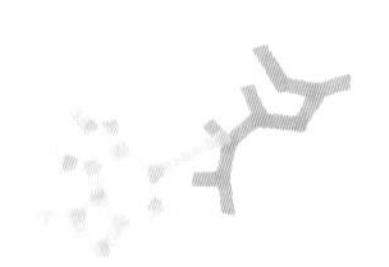

시를 남북으로 나누며 달리는 철길은 항만의 끝에 이르러서야 잘려졌다. 석탄을 싣고 온 화차는 자칫 바다에 빠뜨릴 듯한 머리를 위태롭게 사리며 깜짝 놀라 멎고 그 서슬에 밑구멍으로 주르르 석탄가루를 흘려보냈다.

집에 가봐야 노루 꼬리만큼 짧다는 겨울 해에 점심이 기다리고 있는 것도 아니어서 우리들은 학교 수업이 끝나는 대로 책가방만 던져 둔 채 떼를 지어 선창을 지나 항만의 북쪽 끝에 있는 제분 공장에 갔다.

제분 공장 볕 잘 드는 마당 가득 깔린 멍석에는 늘 덜 건조된 밀이 널려 있었다. 우리는 수위가 잠깐 자리를 비운 틈을 타서 마당에 들어가 멍석의 귀퉁이를 밟으며 밀을 한 움큼씩 집어 입안에 털어 넣고는 다시 걸었다. 올올이 흩어져 대글대글 이빨에 부딪히던 밀알들이, 달고 따뜻한 침에 의해 딱딱한 껍질이 불고 속살은 풀어져 입안 가득 풀처럼 달라붙다가 제법 고무질의 질긴 맛을 낼 때쯤이면 철로에 닿게 마련이었다.

우리는 밀껌으로 푸우푸우 풍선을 만들거나 침목 사이에 깔린 잔돌로 비사치기를 하거나 전날 자석을 만들기 위해 선로 위에 얹어놓았던 못을 찾으면서 화차가 닿기를 기다렸다.

드디어 화차가 오고 몇 번의 덜컹거림으로 완전히 숨을 놓으면 우리들은 재빨리 바퀴 사이로 기어들어가 석탄가루를 훑고 이가 벌어진 문짝 틈에 갈퀴처럼 팔을 들이밀어 조개탄을 후벼내었다. 철도 건너 저탄장에서 밀차를 밀며 나오는 인부들이 시커멓게 모습을 나타낼 즈음이면 우리는 대개 신발주머니에, 보다 크고 몸놀림이 잽싼 아이들은 시멘트 부대에 가득 석탄을 훔쳐 담고 낮은 철조망을 깨금발로 뛰어넘었다.

선창의 간이음식점 문을 밀고 들어가 구석 자리의 테이블을 와글와글 점거하고 앉으면 그날의 노획량에 따라 가락국수, 만두, 찐빵 등이 날라져 왔다.

석탄은 때로 군고구마, 딱지, 사탕 따위가 되기도 했다. 어쨌든 석탄이 선창 주변에서는 무엇과도 바꿀 수 있는 현금과 마찬가지라는 것을 우리는 알고 있었고, 때문에 우리 동네 아이들은 사철 검정 강아지였다.

해안촌(海岸村) 혹은 중국인 거리라고도 불리는 우리 동네는 겨우내 북풍이 실어 나르는 탄가루로 그늘지고, 거무죽죽한 공기 속에 해는 낮달처럼 희미하게 걸려 있었다.

할머니는 언제나 짚수세미에 아궁이에서 긁어낸 고운 재를 묻혀 번쩍 광이 날 만큼 대야를 닦았다. 아버지의 와이셔츠만을 따로 빨기 위해서였다. 그러나 바람을 들이지 않는 차양 안쪽 깊숙이 넌 와이셔츠는 몇 번이고 다시 헹구어 푸새를 새로 하지 않으면 안 되었다.

망할 놈의 탄가루들. 못 살 동네야.

할머니가 혀를 차면 나는 으레 나올 뒤엣말을 받았다.

광석천이라는 냇물에서는 말이다. 물론 난리가 나기 전 이북에서지. 빨래를 하면 희다 못해 시퍼랬지. 어느 독(毒)이 그렇게 퍼렇겠니.

겨울 방학이 끝나자 담임인 여선생은 중국인 거리에 사는 아이들을 불러 학교 숙직실로 데리고 갔다. 숙직실 부엌 바닥에 웃통을 벗겨 엎드리게 하고는 미지근한 물을 사정없이 끼얹었다. 귀 뒤, 목덜미, 발가락, 손톱 사이까지 탄가루가 없는 것을 확인하고서야 왕소름이 돋은 등허리를 찰싹찰싹 때리는 것으로 검사를 끝냈다. 우

리는 킬킬대며 살비듬이 푸르르 떨어지는 내의를 머리부터 뒤집어 썼다.

봄이 되자 나는 3학년이 되었다. 오전반이었기 때문에 한낮인 거리를 치옥이와 나는 어깨동무를 하고 천천히 걸어 집으로 돌아오고 있었다.

나는 커서 미용사가 될 거야.

삼거리의 미장원을 지날 때 치옥이가 노오란 목소리로 말했다.

회충약을 먹는 날이니 아침을 굶고 와야 한다는 선생의 지시대로 치옥이도 나도 빈속이었다.

공복감 때문일까, 산토닌을 먹었기 때문일까, 해인초 끓이는 냄새 때문일까. 햇빛도, 지나다니는 사람들의 얼굴도, 치마 밑으로 펄럭이며 기어드는 사나운 봄바람도 모두 노오랬다.

길의 양켠은 가건물인 상점들을 빼고는 거의 빈터였다. 드문드문 포격에 무너진 건물의 형해가 썩은 이빨처럼 서 있을 뿐이었다.

제일 큰 극장이었대.

조명판처럼, 혹은 무대의 휘장처럼 희게 회칠이 된 한쪽 벽만 고스란히 남아 서 있는 건물을 가리키며 치옥이가 소곤거렸다. 그러나 그것도 곧 무너질 것이다. 나란히 늘어선 인부들이 곡괭이의 첫 날을 댈 위치를 가늠하고 있었다. 어느 순간 희고 거대한 벽은 굉음으로 주저앉으리라.

한쪽에서는 이미 헐어버린 벽에서 상하지 않은 벽돌과 철근을 발라내고 있는 중이었다.

아주 쑥밭을 만들어버렸다니까.

치옥이는 어른들의 말투를 흉내 내어 몇 번이고 쑥밭이라는 말을 되풀이했다.

사람들은 개미처럼 열심히 집을 지어 빈터를 다스렸다. 길의 곳곳에 놓인 반 자른 드럼통마다 해인초가 끓고 있었다.

치옥이와 나는 자주 멈춰 서서 찍찍 침을 뱉어냈다.

회충이 약을 먹고 지랄하나 봐.

아냐, 회충이 오줌을 싸는 거야.

그래도 메스꺼움은 가라앉지 않았다. 끓어오르는 해인초의 거품도, 조개탄에서 피어오르는 연기도, 해조(海藻)와 뒤섞이는 석회의 냄새도 온통 노란빛의 회오리였다.

왜 사람들은 집을 지을 때 해인초를 쓰지? 난 저 냄새만 맡으면 머리털 뿌리까지 뽑히는 것처럼 골치가 아파.

치옥이는 내 어깨에 걸린 팔을 무겁게 내려뜨렸다. 그러나 나는 마냥 늑장을 부리며 천천히 걸어 해인초 냄새, 그 노란빛의 냄새를 들이마셨다.

우리 가족이 이 도시로 이사를 온 것은 지난해 봄이었다.

늬 아버지가 취직만 되면……. 어머니는 차곡차곡 쌓은 담뱃잎에다 푸우푸우 입에 가득 문 물을 뿜으며 말했다. 담뱃잎을 꼭꼭 눌러 담은 부대에 멜빵을 해서 메고 첫새벽에 나가는 어머니는 이틀이나 사흘 후 초주검이 되어 돌아오곤 했다.

간이 열이라도 담배 장사는 이제 못 해먹겠다. 단속이 여간 심해야지. 늬 아버지 취직만 되면…….

미리 월남해서 자리를 잡았거나 전쟁을 재빨리 벗어난 친구, 동창들을 찾아다니며 구직 운동을 하던 아버지가 석유 소매업소의 소장직으로 취직을 하고, 우리를 실어 갈 트럭이 온다는 날 우리는 새벽밥을 지어 먹고 이불 보따리와 노끈으로 엉글게 동인 살림 도구들을 찻길에 내다 놓았다. 점심때가 되어도 트럭은 오지 않았다. 한없이 길게 되풀이되는 동네 사람들과의 작별 인사도 끝났다.

해 질 무렵이 되자 어머니는 땅뺏기놀이나 사방치기에도 진력이 나 멍청히 땅바닥에 주저앉은 우리들을 일으켜 세워 읍내의 국숫집에서 국수를 한 그릇씩 사 먹였다. 집을 나서기 전 갈아입은 옷이건만 한없이 흐르는 콧물로 오빠와 나 그리고 동생의 옷소매와 손등은 반들반들하게 길이 들었다.

날이 완전히 어두워졌어도 어머니는 젖먹이를 안고 이불 보따리 위에 올라앉은 채 트럭이 나타날 다릿목께만을 뚫어지게 노려보았다.

트럭이 나타난 것은 저물고도 한참이 지난 후였다. 헤드라이트를 밝힌 트럭이 요란한 엔진 소리와 함께 다릿목에 모습을 드러내자 어머니는 차가 왔다,라고 비명을 질렀다. 저마다 보따리 하나씩을 타고 앉았던 우리 형제들은 공처럼 튀어 일어났다. 트럭은 신작로에 잠시 멎고, 달려간 어머니에게 창으로 고개만 내민 조수가 무어라고 소리쳤다. 어머니는 되돌아오고 트럭은 다시 떠났다. 우리는 어리둥절해서 서로의 얼굴을 마주 보았다. 난간을 높이 세운 짐칸에 검은 윤곽으로 우뚝우뚝 서 있던 것은 소였다. 날카롭게 구부러진 뿔들과 어둠 속에서 흐르듯 누눅하게 들려오던 되새김질 소리도 역력했다.

소들을 내려놓고 올 거예요. 짐을 부려놓고 빈 차로 올라가는 걸 이용하면 운임이 절반이니까 아범이 그렇게 한 거예요.

어머니의 설명에, 아버지와 어머니에게 한 번도 이의를 나타내본 적이 없는 할머니는 뜨악한 표정으로, 그러나 어련히들 잘 알아서 하겠느냐는 듯 몇 번이고 고개를 주억거렸다.

그러나 트럭이 정작 우리 앞에 다시 나타난 것은 두어 시간 턱이나 지난 후였다. 삼십 리 떨어진 시의 도살장에 소들을 부려놓고 차 바닥의 오물을 닦아내느라고 늦었다는 것이었다.

이삿짐을 다 싣고 마지막으로 어머니가 젖먹이를 안고 앞 좌석의, 운전수와 조수의 틈에 끼여 앉자 트럭은 출발했다. 멀리 남행 열차의 기적 소리가 들리는 것으로 보아 자정 무렵이었다.

나는 이삿짐들 틈에서 고개만 내밀어 깜깜하게 묻힌, 점점 멀어져 가는 마을을 보았다. 마을과 마을 뒤의 야산과 야산의 잡목 숲이

한데 뭉뚱그려져 더 짙은 어둠으로 손바닥만 하게 너울대다가 마침내 하나의 점으로 트럭의 꽁무니를 따라왔다.

읍을 벗어나자 산길이었다. 길이 나쁜 데다 서둘러 험하게 몰아대는 통에 차는 길길이 뛰고 짐들 틈바구니에 서캐처럼 박혀 있던 우리는 스프링 장치가 된 자동인형처럼 간단없이 튀어 올랐다.

할머니는 아그그그 뼈마디 부딪치는 소리를 어금니로 눌렀다. 길 아래는 강이었다. 차가 튀어 오를 때마다 하마하마 강물로 곤두박질치겠지 생각하며 나는 눈을 꼭 감고 네 살짜리 동생을 힘주어 끌어안았다.

봄이라고는 해도 밤바람은 칼끝처럼 매웠다. 물살을 가르며 사납게 웅웅대던 바람은 그 날카로운 손톱으로 비듬이 허옇게 이는 살갗을 후비고 아직도 차 안에 질척하게 고여 있는 쇠똥 냄새를 한소끔씩 걷어내었다.

아까 그 소들, 다 죽었을까.

나는 문득 어둠 속에서 들려오던 소들의 눅눅한 되새김질 소리를 떠올리며 언니에게 물었다. 언니는 세운 무릎 사이에 얼굴을 깊이 묻은 채 대답이 없었다. 물론 지금쯤이면 각을 뜨고 가죽을 벗기고 내장을 훑어내기에 충분한 시간일 것이다.

달은 줄곧 머리 위에서 둥글었고 네 살짜리 동생은 어눌한 말씨로 씨팔눔아아, 왜 자꾸 따라오는 거여어, 소리치며 달을 향해 주먹질을 해대었다.

차는 자주 섰다. 다섯 명의 아이들이 차례로 오줌이 마려웠기 때문이었다. 짐칸과 운전석 사이의 손바닥만 한 유리를 두들기면 조수가 옆 창문을 열고 고개를 내밀어 돌아보며 뭐야, 하고 소리쳤다.

오줌이 마렵대요.

조수는 손짓으로 그냥 누라는 시늉을 해보였으나 할머니가 펄쩍 뛰었다. 마지못해 차가 멎고 조수는 아이들을 하나씩 안아 내리며 한꺼번에 다 눠버려, 몽땅, 하고 퉁명스럽게 말했다. 우리는 길바닥에 쭈그리고 앉기가 무섭게 푸드득 몸을 떨며 오래 오줌을 누었다.

행정 구역이 바뀌거나 길이 굽이도는 곳에는 반드시 초소가 있어 한 차례씩 검문을 받아야 했다. 전투복을 입은 경찰이 트럭 위로 전짓불을 휘두를 때면 담배 장사로 간이 손톱만큼밖에 안 남았다는 어머니는 공연히 창밖으로 고개를 빼어 소리쳤다.

실컷 보시요, 암만 뒤져도 같잖은 따라지 보따리와 새끼들뿐이요.

트럭은 기름을 넣기 위해 한 차례 멎고 두 번 고장이 났으며 굽이

굽이 수많은 검문소를 지나쳐 강과 산과 잠든 도시를 밤새도록 달려 날이 밝을 무렵 이 도시로 진입했다. 우리가 탄 트럭의 낡은 엔진의 요란한 소리에 비로소 거리는 푸득푸득 깨어나기 시작했다.

바다를 한 뼘만치 밀어둔 시의 끝, 해안 동네에 다다라 우리는 짐들과 함께 트럭에서 내려졌다. 밤새 따라오던 달은 빛을 잃고 서쪽 하늘에 원반처럼 납작하게 걸려 있었다. 트럭이 멎은 곳은 낡은 목조의 이층집 앞이었는데 아래층은 길가에 연해 상점들처럼 몇 쪽의 유리문으로 되어 있었다. 그리고 흙먼지가 부옇게 앉은 유리에 붉은 페인트로 석유 배급소라고 씌어 있었다.

앞으로 우리가 살게 될 집이었다.

나는 새삼스럽게 달려드는 차가운 공기에 이를 마주치며 언제나 내 몫인 네 살짜리 사내 동생을 업었다.

우리가 요란하게 가로질러 온, 그리고 트럭의 짐칸 이삿짐들 틈에서 호기심과 기대로 목을 빼어 바라본 시는 내가 피난지인 시골에서 꿈꾸어오던 도회지와는 달랐다. 나는 밀대 끝에서 피어오르는 오색의 비눗방울 혹은 말로만 듣던 먼 나라의 크리스마스트리처럼 우리가 가게 될 도회지를 생각하곤 했었다.

폭이 좁은 길을 사이에 두고 조그만 베란다가 붙은, 같은 모양의 목조 이층집들이 늘어선 거리는 초라하고 지저분했으며 새벽닭의 첫 날갯짓 같은 어수선한 활기에 차 있었다. 그것은 이른 새벽 부두로 해물을 받으러 가는 장사꾼들의 자전거 페달 소리와 항만의 끝에 있는 제분 공장 노무자들의 발길 때문이었다. 그들은 길을 메우고 버텨 선 트럭과 함부로 부려진 이삿짐을 피해 언덕을 올라갔다.

지난밤 떠나온 시골과는 모든 것이 달랐음에도 불구하고 나는 잠시, 우리가 정말 이사를 온 것일까, 낯선 곳에 온 것일까, 이상한 혼란에 빠졌다. 그것은 공기 중에 이내처럼 짙게 서려 있는, 무척 친숙하고, 내용은 잊힌 채 분위기만 남아 있는 꿈과도 같은 냄새 때문이었다. 무슨 냄새였던가.

석유 배급소의 유리문을 밀어붙이고 나온 아버지는 약속이 틀리다고 운전수에게 고래고래 소리를 지르고 운전수는 호기심과 어쩔 수 없는 불안으로 눈을 두릿두릿 굴리고 서 있는 우리들과 이삿짐들을 번갈아 가리키며 아버지에게 삿대질을 해댔다.

목덜미에 시퍼렇게 면도 자국을 드러낸 뒷박 머리에 솜이 삐져나온 노랑색 인조견 저고리를 입은, 아홉 살배기 버짐투성이 계집애인 나는 동생을 업고 이상하게 안절부절못하는 심사로 우리가 살게 될 동네를 둘러보았다.

우리의 이사 소동에 동네는 비로소 잠을 깨어 사람들은 들창을 열거나 길가에 면한 출입문으로 부스스한 머리를 내밀었다.

길을 사이에 두고 각각 여남은 채씩 늘어선 같은 모양의 목조 이층집들은 우리 집을 마지막으로 갑자기 끝났다. 그리고 우리 집에서부터 완만한 경사로 이루어진 언덕이 시작되었는데 그 언덕에는 바랜 잉크 빛깔이나 흰색 페인트로 벽을 칠한 커다란 이층집들이 길을 사이에 두고 나란히 마주 보고 서 있었다.

우리 집 앞을 지나는 길은 언덕으로 이어져 있고 언덕이 시작되는 첫째 집은 거의 우리 집과 이웃해 있었다. 그러나 넓은 벽에 비해 지나치게 작은 창문이나 출입문 들은 모두 나무 덧문이 완강하게 닫혀 있어 필시 빈집이거나 창고이리라는 느낌이 짙었다.

큰 덩치에 비해 지붕의 물매가 싸고 용마루가 밭아서 이상하게 눈에 설고 불균형해 뵈는 양식의 집들이었다. 그 집들은 일종의 적의로 냉담하고 무관심하게 언덕 아래를 내려다보며 서 있었다. 언덕을 넘어 선창으로 향하는 사람들의 발길에도 불구하고 언덕은 섬처럼 멀리 외따로 있었으며 갑각류의 동물처럼 입을 다문 집들은 대개의 오래된 건물들이 그러하듯 다소 비장하게 바다를 향해 서 있었다.

이삿짐을 다 부려놓고도 트럭은 시동만 걸어놓은 채 떠나지 않았다. 요구한 액수대로 운임을 받지 못한 운전수는 지구전에 들어간 듯 운전대에 두 팔을 얹고 잠깐 눈을 붙였다.

아이 시끄러워, 또 난리가 쳐들어오나, 새벽부터 웬 지랄들이야.

젊은 여자의 거두절미한 쇳소리가, 시위하듯 부릉대는 차 소리를 단번에 눌러 끄며 우리의 머리 위로 쨍하니 날아왔다. 어머니는, 그리고 우리는 망연해져 고개를 쳐들었다. 허벅지까지 맨살을 드러낸 채 군복 윗도리만을 어깨에 걸친 젊은 여자가 노랗게 염색한 머리털을 등 뒤로 너울대며 맞은편 집 이층 베란다에서 마악 안으로 들어가려던 참이었다.

아버지는 차 바퀴 사이를 들락거리며 빼빼이를 치는 오빠의 덜미를 잡아 끌어내어 알밤을 먹였다. 그러고는 오르르 몰려선 우리들을 보며 일개 소대 병력이로구나 하며 기막히다는 듯 헛웃음을 쳤다.

새벽 구름이 걷히고 햇살이 조금씩 투명해지기 시작할 무렵에도 언덕 위 집들은 굳게 문을 닫은 채 잠에서 깨어나지 않았다. 시의 곳곳에서 밀려난 새벽의 푸르스름한 어두움은 비를 품은 구름처럼 불길하게 언덕 위의 하늘에 몰려 있었다.

어둠이 완전히 걷히자 밤의 섬세한 발 틈으로 세류(細流)가 되어 흐르던 냄새는 억지로 참았던 긴 숨처럼 거리 곳곳에서 피어오르기 시작했다.

아, 그제야 나는 그 냄새의 정체를 알 수 있었다. 그것을 알아채는 순간 그때까지 나를 사로잡고 있던 낯선 감정은 대번에 지워지고 거리는 친숙하고 구체적으로 내게 다가왔다. 그것은 나른한 행복감이었고 전날 떠나온 피난지의 마을에 깔먹여진 색채였으며 유년(幼年)의 기억이었다.

민들레꽃이 필 무렵이 되면 나는 늘 어지럼증과 구역질로, 툇돌에

앉아 부걱부걱 거품이 이는 침을 뱉고 동생은 마당을 기어 다니며 흙을 집어 먹었다. 할머니는 긴 봄 내내 해인초를 끓였다. 싫어 싫어 도리질을 해대며 간신히 한 사발을 마시고 나면 천지를 채우는 노오란빛과 함께 춘곤(春困)과도 같은 이해할 수 없는 나른한 혼미 속에 빠져 할머니에게 지금이 아침인가 저녁인가를 때 없이 묻곤 했다. 할머니는 망할 년, 회 동하나 부다라고 대꾸하며 흐흐 웃었다.

나는 잊힌 꿈속을 걸어가듯 노란빛의 혼미 속에 점차 빠져들며 문득 성큼 다가드는 언덕 위 이층집들의 굳게 닫힌 덧창 중의 하나가 열리고 젊은 남자의 창백한 얼굴이 나타나는 것을 보았다.

어머니는 일곱 번째 아이를 배고 있어 나는 아침마다 학교에 가기 전 양재기를 들고 언덕 위 중국인들의 집 앞길을 지나 부두로 갔다.

싱싱한 굴과 조개만이 어머니의 뒤집힌 속을 달래주었기 때문이었다. 나는 알 수 없는 두려움과 호기심으로 흘끗거리며 굳게 닫힌 문들 앞을 달음박질쳤다. 언덕바지로부터 스무 발자국 정도만 뜀박질하면 갑자기 중국인 거리는 끝나고 부두가 눈 아래로 펼쳐졌다. 언덕의 내리받이에 이르러 가쁜 숨을 몰아쉬며 돌아볼 즈음이면 언덕의 초입에 있는 가게의 덧문을 여는 소리가 들려왔다.

일주일에 한 번쯤 돼지고기를 반 근, 혹은 반의반 근 사러 가는 푸줏간이었다. 어머니는 돈을 들려 보내며 언제나 같은 주의를 잊지 않았다.

적게 주거든, 애라고 조금 주느냐고 말해라. 그리고 또 비계는 말고 살로 주세요, 해라.

푸줏간에서는 한쪽 볼에 여문 밤톨만 한 혹이 달리고 그 혹부리에, 상기도 보이지 않는 손에 의해 끄들리고 있는 듯 길게 뻗힌 수염을 기른 홀아비 중국인이 고기를 팔았다.

애라고 조금 주세요?

키가 작아 발돋음질로 간신히 진열대에 턱을 올려놓고 돈을 밀어넣는 것과 동시에 나는 총알처럼 내뱉었다.

벽에 매단 가죽끈에 칼을 문질러 날을 세우던 중국인은 무슨 말인지 몰라 뚱한 얼굴로 나를 바라보았다. 나는 비계는 말고 살로 달래라 하던 어머니의 말을 옮기기 전에 중국인이 고기를 자를까 봐 허겁지겁 내쏘았다.

고기로 달래요.

중국인은 꾸룩꾸룩 웃으며 그때야 비로소 고기를 덥석 베어내었다.

왜 고기만 주니, 털도 주고 가죽도 주지.

푸줏간에 잇대어 후추나 흑설탕, 근으로 달아주는 중국차 따위를 파는 잡화점이 있었다. 이 거리에 있는 단 하나의 중국인 가게였다. 우리 동네 사람들은 가끔 돼지고기를 사러 푸줏간에 갈 뿐 잡화점에는 가지 않았다. 우리에게는 옷이나 신발에 다는 장식용 구슬, 염색 물감, 폭죽놀이에 쓰이는 화약 따위가 필요치 않았기 때문이었다.

햇빛이 밝은 날에도 한쪽 덧문만 열린 가게는 어둡고 먼지가 낀 듯 침침했다.

그러나 저녁 무렵이 되면 바구니를 팔에 건 중국인들이 모여들었다. 뒤통수에 쇠똥처럼 바짝 말아 붙인 머리를 조금씩 흔들며 엄청나게 두꺼운 귓불에 은고리를 달고 전족한 발을 뒤뚱거리면서 여자들은 여러 갈래로 난 길을 통해 마치 땅거미처럼 스름스름 중국인 거리로 향했다.

남자들은 가게 앞에 내놓은 의자에 앉아 말없이 오랫동안 대통 담배를 피우다가 올 때처럼 사라졌다. 그들은 대게 늙은이들이었다.

우리는 찻길과 인도를 가름하는 낮고 좁은 턱에 엉덩이를 붙이고 나란히 앉아 발장단을 치며 그들을 손가락질했다.

아편을 피우고 있는 거야, 더러운 아편쟁이들.

정말 긴 대통을 통해 나오는 연기는 심상치 않은 노오란빛으로 흐트러지고 있었다.

늙은 중국인들은 이러한 우리들에게 가끔 미소를 지었다.

통틀어 중국인 거리라고 불리는 동네에, 바로 그들과 인접해 살고 있으면서도 그들 중국인에게 관심을 갖는 것은 아이들뿐이었다. 어른들은 무관심하게 그러나 경멸하는 어조로 '뙤놈들'이라고 말했다.

우리는 그들과 전혀 접촉이 없었음에도 언덕 위의 이층집, 그 속에 사는 사람들은 한없이 상상과 호기심의 효모(酵母)였다.

그들은 우리에게 밀수업자, 아편쟁이, 누더기의 바늘땀마다 금을 넣는 쿠리, 그리고 말발굽을 울리며 언 땅을 휘몰아치는 마적단, 원수의 생간(生肝)을 내어 형님도 한 점, 아우도 한 점 씹어 먹는 오랑캐, 사람 고기로 만두를 빚는 백정, 뒤를 보면 바지도 올리기 전 꿋꿋이 언 채 서 있다는 북만주 벌판의 똥 덩어리였다. 굳게 닫힌 문의 안쪽에 있는 것은, 십 년을 사귀어도 좀체 내뵈지 않는다는 깊은 흉중에 든 것은 금인가, 아편인가, 의심인가.

우리 집에서 숙제하지 않을래?

집 앞에 이르러 치옥이가 이불과 담요가 널린 이층의 베란다를 올려다보며 나를 끌었다. 베란다에 이불이 널린 것은 매기 언니가 집에 없다는 표시였다. 매기 언니는 집에 있을 때면 늘 담요를 씌운 침대 속에 들어가 있었다. 나는 맞은편의 우리 집을 흘깃거리며 망설였다. 할머니나 어머니는 치옥이네를 양갈보집이라고 불렀다. 그러나 이 거리의 적산 가옥들 중 양갈보에게 방을 세주지 않은 곳은 우리 집뿐이었다. 그네들은 거리로 면한 문을 활짝 열어놓고 거리낌 없이 미군에게 허리를 안겼으며, 볕 잘 드는 베란다에 레이스가 달린 여러 가지 빛깔의 속옷들과 때 묻은 담요를 널어 지난밤의 분방한 습기를 말렸다. 여자의 옷은 더욱이 속엣것은 방 안에 줄을 매

어 너는 것으로 알고 있는 할머니는, 천하의 망종들이라고 고개를 돌렸다.

치옥이의 부모는 아래층을 쓰고 위층의 큰방은 매기 언니가 검둥이와 함께 세 들어 있었다. 치옥이는 큰방을 거쳐 가야 하는 벽장과도 같은 좁고 긴 방을 썼다. 때문에 나는 아침마다 치옥이를 부르러 가면 그때까지도 침대 속에 머리칼을 흩뜨리고 누워 있는 매기 언니와 화장대 의자에 거북스럽게 몸을 구부리고 앉아 조그만 은빛 가위로 콧수염을 가다듬는 비대한 검둥이를 만났다. 매기 언니는 누운 채 손을 까닥거려 들어오라는 시늉을 했으나 나는 반쯤 열린 문가에 비켜서서 방 안을 흘끔거리며 치옥이를 기다렸다. 나는 검둥이가 우울한 남자라고 생각했다. 맥없이 늘어진 두꺼운 가슴팍의 살, 어둡고 우묵한 눈, 또한 우물거리는 말투와 내게 한 번도 웃어 보인 적이 없다는 것이 그러한 느낌을 갖게 한 것이다.

학교 갈 때는 길에서 불러라. 검둥이는 네가 아침에 오는 게 싫대.

치옥이가 말했으나 나는 매일 아침 삐걱대는 층계를 밟고 올라가 매기 언니의 방문 앞을 서성이며 치옥이를 불렀다.

매기 언니는 밤에 온다고 그랬어. 침대에서 놀아도 괜찮아.

입덧이 심한 어머니는 매사가 귀찮다는 얼굴로 안방에 드러누워 있을 것이고 오빠는 땅강아지를 잡으러 갔을 것이다. 할머니는 기다렸다는 듯 내게 막 젖이 떨어진 막냇동생을 업혀 내쫓을 것이었다.

커튼으로 햇빛을 가린 어두운 방의 침대에 매기 언니의 딸인 제니가 자고 있었다. 치옥이는 벽장 문을 열고 비스킷 상자를 꺼내어 꼭 두 개만 집어 들고는 잘 닫아 다시 넣었다. 비스킷은 달고, 연한 치약 냄새가 났다.

이거 참 예쁘다.

내가 화장대의 향수병을 가리키자 치옥이는 그것을 거꾸로 들고 솔솔 겨드랑이에 뿌리는 시늉을 하며 미제야, 라고 말했다. 치옥이는 다시 벽장 속에 손을 넣어 부시럭대더니 사탕을 두 알 꺼냈다.

이거 참 맛있다.

응, 미제니까.

치옥이가 또 새침하게 대답했다. 제니가 눈을 말갛게 뜨고 우리를 보고 있었다.

제니, 예쁘지. 언니들은 숙제를 해야 하니까 조금만 더 자렴.

치옥이가 부드럽게 말하며 손바닥으로 눈꺼풀을 쓸어 덮자 제니는 깜빡이 인형처럼 눈을 꼭 감았다.

매기 언니의 방에서는 무엇이든 신기했다. 치옥이는 내가 매양 탄성으로 어루만지는 유리병, 화장품, 페티코트, 속눈썹 따위를 조금씩만 만지게 하고는 이내 손댄 흔적이 없이 본래대로 해놓았다.

좋은 수가 있어.

치옥이가 침대 머릿장에서 초록색의 액체가 반쯤 남겨진 표주박 모양의 병을 꺼냈다. 병의 초록색이 찰랑대는 부분에 손톱을 대어 금을 만든 뒤 뚜껑을 열어 그것을 따라 내게 내밀었다.

먹어봐. 달고 화하단다.

내가 한 모금 홀짝 마시자 치옥이는 다시 뚜껑을 가득 채워 꿀꺽 마셨다. 그리고 손톱을 대고 있던 금부터 손가락 두 마디만큼 초록색 술이 줄어들자 줄어든 만큼 냉수를 부어 뚜껑을 닫아 머릿장에 넣었다.

감쪽같잖니? 어떠니? 맛있지?

입안은 박하를 한 입 문 듯 상쾌하게 화끈거렸다.

이건 비밀이야.

매기 언니의 방에서는 무엇이든 비밀이었다. 서랍장의 옷 갈피짬에서 꺼낸 비로드 상자 속에는 세 줄짜리 진주 목걸이, 여러 가지 빛깔로 야단스럽게 물들인 유리알 브로치, 귀걸이 따위가 들어 있었다. 치옥이는 그중 알이 굵은 유리 목걸이를 걸고 거울 앞에서 단호하게 말했다.

난 커서 양갈보가 될 테야. 매기 언니가 목걸이도 구두도 옷도 다 준댔어.

손끝도 발끝도 저리듯 나른히 맥이 풀려왔다. 눈꺼풀이 무겁고 숨이 차오는 건 방 안이 너무 어둡기 때문일까, 숨을 내쉴 때마다 박하 냄새가 하얗게 뿜어져 나왔다. 나는 베란다로 통한 유리문의 커튼을 열었다. 노오란 햇빛이 다글다글 끓으며 들어와 먼지를 떠올렸고 방 안은 온실과도 같았다. 나는 문의 쇠장식에 달아오른 뺨을 대며 바깥을 내다보았다. 그리고 다시 중국인 거리의 이층집 열린 덧문과 이켠을 보고 있는 젊은 남자의 얼굴을 보았다. 그러자 알지 못할 슬픔이 가슴에서부터 파상(波狀)을 이루며 전신으로 퍼져나갔다.

왜 그러니? 어지럽니?

이미 초록색 물의 성질을, 그 효과를 알고 있는 치옥이가 다가와 나란히 문에 매달렸다. 나는 고개를 저었다. 그럴 수밖에 없는 것이 나는 이층집 창문에서부터 비롯되는 감정을 알 수도 설명할 수도

없었으며, 그 순간 나무 덧문이 무겁게 닫히고 남자의 모습이 사라졌기 때문이다.

유리 목걸이에 햇빛이 갖가지 빛깔로 쨍강쨍강 튀었다. 그중 한 알을 입술에 물며 치옥이가 말했다.

난 양갈보가 될 거야.

나는 커튼을 닫고 돌아와 침대에 누웠다. 그는 누구일까, 나는 기억나지 않는 꿈을 되살려보려는 안타까움에 잠겨 생각했다. 지난 가을에도 나는 그를 보았다. 이발소에서였다. 키가 작아 의자에 널빤지를 얹고 앉아 나는 어머니가 일러준 대로 말했다.

상고머리예요. 가뜩이나 밉상인데 뒷박 머리는 안 돼요.

그런데 다 깎은 뒤 거울 속에 남은 것은 여전히 뒷박 머리였다.

이왕 깎은 걸 어떡하니, 다음번에 다시 잘 깎아주마.

그러길래 왜 아저씨는 이발만 열심히 하지 잡담을 하느냔 말예요.

나는 바락바락 악을 썼다. 마침내 이발사는 덜컥 의자를 젖히며 말했다.

정말 접시처럼 발랑 되바라진 애구나. 못쓰겠어. 엄마 배 속에서 나올 때 주둥이부터 나왔니?

못 쓰면 끈 달아 쓸 테니 걱정 말아요. 아저씨는 배 속에서 나올 때 손모가지에 가위 들고 나와서 이발쟁이가 됐단 말예요?

이발소 안이 와아 웃음바다가 되었다. 나는 의기양양해서 사람들을 둘러보았다. 웃지 않는 건 이발사와 구석 자리의 의자에 턱수건을 두르고 앉은 젊은 남자뿐이었다. 그는 거울 속에서 물끄러미 나를 보고 있었다. 나는 문득 그가 중국인 남자라고 생각했다. 길 건너 비스듬히 엇비낀 거리에서만 보았을 뿐 한 번도 가까이서 본 적이 없었으나 그 알 수 없는 시선의 느낌이 그러했다. 나는 목수건을 풀어 탁 거울 앞에 던져놓았다. 그리고 또각또각 걸어 나가 두 손으로 허리를 짚고 문께에 서서 말했다.

죽을 때까지 이발쟁이나 해요.

그러고는 달음질쳐 집으로 돌아왔다. 아버지는 피난 시절의 셋방살이 혹은 다리 밑이나 천막에서 아이들을 끌어안고 밤을 새우던 기억에 복수라도 하듯 끊임없이 집을 손질했다. 손바닥만 한 마당을 없애며, 바느질을 처음 배운 계집애들이 가방의 안쪽이나 옷의 갈피짬마다 비밀 주머니를 만들어 붙이듯 방을 들이고 마루를 깔았다. 때문에 집 안에는 개미굴같이 복잡하게 얽힌 좁고 긴 통로가 느닷없이 나타나고, 숨으면 아무도 찾아낼 수 없는 장소가 꼭 한 군데는 있게 마련이었다.

나는 집으로 뛰어들어와 헌 옷가지나 묵은 살림살이 따위 잡동사니가 들어찬 변소 옆의 골방으로 숨어들어갔다. 골방 구석에 놓인 빈 항아리의 좁은 아구리에 얼굴을 들이밀어도 온몸의 뼈가 물러앉는 듯한, 센 물살과도 같은 슬픔은 사라지지 않았다.

그 뒤로도 나는 여러 차례 창을 열고 이켠을 보고 있는 그 남자의 시선을 느낄 수 있었다. 대개 배급소의 문밖에 쭈그리고 앉아 석간신문을 기다리고 있을 때였다.

제니, 제니, 일어나. 엄마가 왔다.

치옥이가 꾸며낸, 부드럽고 달콤한 목소리로 제니를 부르자 제니가 눈을 뜨고 일어나 앉았다. 치옥이가 대야에 물을 떠 왔다. 제니

는 비눗물이 눈에 들어가도 울지 않았다. 우리는 제니의 머리를 빗기고 향수를 뿌리고 옷장을 뒤져 옷을 갈아입혔다. 백인 혼혈아인 제니는 다섯 살이 되었어도 말을 못했다. 혼자 옷을 입는 것은 물론 숟갈질도 못해 밥을 떠 넣어주면 입 한 귀로 주르르 흘렸다. 검둥이가 있을 때면 제니는 늘 치옥이의 방에 있었다.

짐승의 새끼야.

할머니는 어쩌다 문밖이나 베란다에 나와 있는 제니를 신기하다는 듯 혹은 할머니가 제일 싫어하는, 털 가진 짐승을 볼 때의 눈으로 보며 말했다. 나는 제니를 보는 할머니의 눈초리가 무서웠다. 언젠가 집에 쥐가 끓어 고양이를 한 마리 기른 적이 있었다. 고양이가 골방에서 새끼를 일곱 마리나 낳자 할머니는 고양이에게 미역국을 갖다 주었다. 그러고는 똑바로 고양이의 눈을 쳐다보며 나비가 쥐새끼를 낳았구나, 쥐새끼를 일곱 마리나 낳았구나 하고 노래의 후렴처럼 몇 번이고 되풀이했다. 그날 밤 고양이는 새끼를 모조리 잡아먹고 대가리만 남겨 피 칠한 입으로 야옹야옹 밤새 울었다. 할머니는 기다렸다는 듯 일곱 개의 조그만 대가리들을 신문지에 싸서 하수구에 버렸다. 할머니가 유난히 정갈하고 성품이 차가운 것은 자식을 실어보지도 못했기 때문이라고 어머니는 말하곤 했다. 할머니는 어머니의 생모가 아닌, 멀지 않은 친척이었다. 시집온 지 석 달 만에 영감님이 처제를 봤다지 뭐예요. 글쎄, 그래서 평생 조면(阻面)하시고 조카딸에게 의탁하신 거지요. 어머니는 가깝게 지내는 이웃 아주머니에게 소리를 낮춰 수군거렸다.

제니는 치옥이의 살아 있는 인형이었다. 목욕을 시켜도, 삼십 분마다 한 번씩 옷을 갈아입혀도 매기 언니는 나무라지 않았다. 제니는 아기가 되고 때로 환자가 되고 때로 천사도 되었다. 나는 진심으로 치옥이가 부러웠다.

너도 동생이 있잖아.

치옥이가 의아하게 물었다.

새엄마가 낳은 애야.

그럼 늬네 친엄마가 아니니?

나는 마른침을 꿀꺽 삼켰다.

응, 계모야.

치옥이의 눈에 담박 눈물이 괴었다.

그렇구나, 어쩐지 그럴 거라고 생각했었어. 이건 비밀인데 우리 엄마도 계모야.

치옥이는 비밀이라고 했지만 치옥이가 의붓자식이라는 것을 모르는 사람은 동네에 아무도 없었다. 우리는 서로 비밀을 지켜주기로 손가락을 걸고 맹세했다.

그럼 너희 엄마도 널 때리고, 나가 죽으라고 하니?

응, 아무도 없을 때면.

치옥이는 바지를 내려 허벅지의 피멍을 보이며 단호하게 말했다.
난 나가서 양갈보가 되겠어.

나는 얼마나 자주 정말 내가 의붓자식이었기를, 그래서 맘대로 나가버릴 수 있기를 바랐는지 몰랐다.

어머니는 일곱 번째 아이를 배고 있었다. 가난한 중국인 거리에 사는 우리들 중 아기는 한밤중 천사가 안고 오는 것이라든지 방긋

웃으며 배꼽으로 나오는 것이라는 것을 믿는 아이는 아무도 없었다. 여자의 벌거벗은 두 다리 짬에서 비명을 지르며 나온다는 것쯤은 누구나 다 알고 있었다.

러닝셔츠 바람의 미군 병사들이 부대 안의 테니스 코트에 모여 칼 던지기를 하고 있었다. 동심원이 그려진 과녁을 향해 칼은 은빛 침처럼, 빛의 한순간처럼 날카롭게 빛나며 공기를 갈랐다.

휙휙 바람을 일으키며 휘파람처럼 날아드는 칼이 동심원 안의 검은 점에 정확히 꽂힐 때마다 그들은 우우 짐승 같은 함성을 질렀고 우리는 뜨거운 침을 삼키며 아아 목젖을 떨었다.

목표를 정확히 맞추고 한 걸음씩 물러나 목표물과의 거리를 넓히며 칼을 던지던 백인 병사가, 칼이 손안에서 튕겨져 나오려는 순간 갑자기 발의 방향을 바꾸었다. 칼은 바람을 찢는 날카로운 소리로 우리를 향해 날았다. 우리는 아악 비명을 지르며 철조망 아래로 납작 엎드렸다. 다리 사이가 뜨뜻하게 젖어왔다. 그리고 잠시 후 고개를 들어 킬킬대는 미군의 손짓이 가리키는 곳을 하얗게 질린 얼굴로 바라보았다. 우리의 뒤 두어 걸음쯤 떨어진 곳에서 가슴에 칼을 맞은 고양이가 네 발을 허공에 쳐들고 반듯이 누워 있었다. 거의 작은 개만큼이나 큰 검정 고양이였다. 부대의 쓰레기통을 뒤지는 도둑고양이였을 것이다. 우리가 다가가 둘러설 때까지도 사납게 뻗친 수염발을 바르르 떨고 있었다. 갑자기 오빠가 고양이를 집어 올렸다. 그리고 뛰었다. 우리도 그 뒤를 따라 뛰기 시작했다. 젖은 속옷이 살에 감겨 쓰라렸다.

미군 부대의 막사가 보이지 않는 곳에 이르자 오빠가 헉헉대며 걸음을 멈추었다. 그리고 비로소 손에 들린 것이 무엇인지 깨달은 듯 진저리를 치며 내동댕이쳤다. 검은 고양이는 털썩 둔탁한 소리를 내며 땅바닥에 떨어졌다.

그걸 왜 갖고 왔니?

한 아이가 비난하는 어조로 말했다. 도전을 받은 꼬마 나폴레옹은 분연히 고양이의 가슴패기에 꽂힌, 끝이 송곳처럼 가늘고 날카로운 칼을 빼어 풀섶에 쓱쓱 피를 닦았다. 그리고 찰칵 날을 숨겨 주머니에 넣었다.

막대기를 가져와.

한 아이가 지난봄 식목일의 기념 식수 가지를 잘라 왔다.

오빠는 혁대를 끌러 고양이의 목에 감고 그 끝을 나뭇가지에 매었다. 그리고 우리는 묵묵히 거리를 지났다.

고양이는 한없이 늘어져 발이 땅에 끌리고 그 무게로 오빠의 어깨에 얹힌 나뭇가지는 활처럼 휘었다.

중국인 거리에 다다랐을 때 여름의 긴긴 해는 한없이 긴 고양이의 허리를 자르며 비껴 기울고 있었다.

머리에 서릿발이 얹힌 듯 히끗히끗 밀가루를 뒤집어쓴 제분 공장 노무자들이 빈 도시락을 달그락거리며 언덕을 넘어 우리 곁을 지나쳐 갔다.

고양이의 검고 긴 몸뚱어리, 우리들의 끝없이 길고 두려운 저녁무렵의 그림자를 밟으며 우리는 부두를 향해 걸었다. 그때 나는 다시 보았다. 이층의 덧문을 열고 그는 슬픈 듯, 노여운 듯 어쩌면 희미하게 웃는 듯한 알 수 없는 눈길로 우리의 행렬을 보고 있었다.

부두에 이르러 우리는 나뭇가지를 내려놓고 고양이의 목에서 혁대를 풀었다. 오빠는 퉤퉤 침을 뱉으며 자꾸 흘러내리려는 바지허리를 혁대로 단단히 죄었다.

그리고 쓰레기와 빈 병과 배를 허옇게 뒤집고 떠 있는 썩은 생선들이 떠밀려 오는 방죽 아래로 고양이를 떨어뜨렸다.

해가 지고 있었으므로 우리는 공원으로 가기로 했다.

여느 때 같으면 한없이 올라가는 공원의 층계에 엎드려 층계를 올라가는 양갈보들의 치마 밑을 들여다보며, 고래 힘줄로 심을 넣어 바구니처럼 둥글게 부풀린 페티코트 속이 맨다리뿐이라는 데 탄성을 지르거나 혹은 풀섶에 질펀히 앉아서 "도라아 보는 발거름마다 눈무울 젖은 내애 처엉춘, 한 마아는 과거사를 도리켜보올 때에 아아 산타마리아의 종이이 우울리인다" 따위 늙은 창부 타령을 찢어지게 불러대었을 텐데 우리는 묵묵히 하늘 끝까지라도 이어질 것 같은 층계를 하나씩 올라갔다.

공원의 꼭대기에는 전설로 길이 남을 것이라는, 상륙 작전의 총지휘관이었던 노장군의 동상이 있었다. 그곳에서는 시가지 전체가 한눈에 들어왔다.

선창에 정박해 있는 크고 작은 배들의 깃발이 색종이처럼 조그맣게 팔랑이고 있는 사이 기중기는 쉬지 않고 화물을 물어 올렸다. 선창에서 멀찌감치 물러나 섬처럼, 늙은 잉어처럼 조용히 떠 있는 것은 외국 화물선일 것이다.

공원 뒤쪽의 성당에서는 끊임없이 종을 치고 있었다. 고양이를 바

다에 던질 때부터 아니 그 이전부터 우리 뒤를 따라오며 머리칼을 당기던 소리였다. 일정한 파문과 간격으로 한없이 계속되는, 극도로 절제되고 온갖 욕망과 성질을 단 하나의 동그라미로 단순화시킨 그 소리에는 한밤중 꿈속에서 깨어나 문득 듣게 되는 여름밤의 먼 우렛소리, 혹은 깊은 밤 고달프게 달려가는 기차 바퀴 소리에서와 같은, 이해할 수 없는 두려움과 비밀스러움이 있었다.

수녀가 죽었나 봐.

누군가 말했다. 끊임없이 성당의 종이 울릴 때는 수녀가 고요히 죽어가는 것이라는 것을 우리는 모두 알고 있었다.

철로 너머 제분 공장의 굴뚝에서 울컥울컥 토해내는 검은 연기는 전쟁으로 부서진 도시의 하늘에 전진(戰塵)처럼 밀려들고 있었다.

전쟁사에 길이 남을 것이라는 치열했던 함포 사격에도 제 모습을 고스란히 지니고 있는 것은 중국인 거리라고 불리는, 언덕 위의 이층집들과 우리 동네 낡은 적산 가옥들뿐이었다.

시가지 쪽에는 아직 햇빛이 머물러 있는데도 낙진처럼 내려앉는, 북풍에 실린 저탄장의 탄가루 때문일까, 중국인 거리는 연기가 서리듯 누누한 어둠에 잠겨들고 있었다.

시의 정상에서 조망하는 중국인 거리는, 검게 그을린 목조 적산 가옥 베란다에 널린 얼룩덜룩한 담요와 레이스의 속옷들은, 이 시의 풍물(風物)이었고 그림자였고 불가사의한 미소였으며 천칭의 한 쪽 손에 얹혀 한없이 기우는 수은이었다. 또한 기우뚱 침몰하기 시작한 배의, 이미 물에 잠긴 고물(船尾)이었다.

시의 동쪽 공설 운동장에서 때 이른 횃불이 피어올랐다. 잔양(殘陽) 속에서 그것은 단지 하나의 흔들림, 너울대는 바람의 자락이었다. 사람들은 와아와아 함성을 질렀다. 체코, 폴란드, 물러가라. 꼭두각시, 괴뢰 집단 물러가라, 와아와아. 여름 내내 해 질 무렵이면 한 집에서 한 명씩 뽑혀 나간 사람들은 공설 운동장에 모여 발을 구르며 외쳤다. 할머니는 돌아와 밤새 끙끙 허리를 앓았다.

중립국 감시 위원단 중 공산 측이 추천한 체코와 폴란드가(그들은 소련의 위성 국가입니다) 그들의 임무를 저버리고 유엔군 측의 군사 기밀을 캐내어 공산 측에 보고하는 스파이가 되었기 때문입니다.

전체 조회에서 교장 선생님은 말했다.

무릎을 세우고 앉아 그 사이에 깊이 고개를 묻으면 함성은 병의 좁은 주둥이에 휘파람을 불어넣을 때처럼 아스라하게 웅웅대며 들려왔다. 땅속 깊숙이에서 울리는, 지층이 움직이는 소리, 해일의 전조로 미미하게 흔들리는 물살, 지붕 위를 핥으며 머무르는 바람.

집으로 돌아왔을 때 어머니는 수채에 쭈그리고 앉아 으윽으윽 구역질을 하고 있었다. 임신의 징후였다. 이제 제발 동생을 그만 낳아 주었으면 좋겠다고 생각하며 나는 처음으로 여자의 동물적인 삶에 대해 동정했다. 어머니의 구역질은 비통하고 처절했다. 또 아이를 낳게 된다면 어머니는 죽게 될 것이다.

밤이 깊어도 나는 잠을 잘 수가 없었다. 마악 생기기 시작한 젖망울을 할머니가 치마 말기를 뜯어 만들어준 띠로 꽁꽁 동인 언니는 홑이불의 스침에도 젖이 아파 가슴을 싸쥐며 돌아누워 앓았다. 밤새도록 간단없이 들려오는 야경꾼의 딱따기 소리, 화차의 바퀴 소리를 낱낱이 헤아리다가 날이 밝자 부두로 나갔다. 여전히 물결에 떠밀려 방죽에 부딪는 더러운 쓰레기와 썩은 생선들 사이에도, 닻 없이 떠 있는 폐선의 밑창에도 고양이는 없었다.

어느 먼 항구에서 아이들의 장대질에 의해 허리 중동을 허물며 끌어 올려질지도 몰랐다.

가을로 접어들어도 빈대의 극성은 대단했다. 해가 퍼지면 우리는 다다미를 들어내어 베란다에 널어 습기를 말리고 빈대 알을 뒤졌다. 손목과 발목에 고무줄을 넣은 옷을 입고 자도 어느 틈에 빈대는 옷 속에서 스멀대며 비린 날콩 냄새를 풍겼다. 사람들은 전깃불이 나가는 열두 시까지 대개 불을 켜놓고 잠이 들었다. 불빛이 있으면 빈대가 덜 끓었기 때문이었다. 그러나 열두 시를 기점으로 그것들은 다다미 짚 속에서, 벌어진 마루 틈에서 기어 나와 총공격을 개시했다.

얕은 잠 속에서 손톱을 세워 긁적이며 빈대와 싸우던 나는 문득 나무토막이 부서지는 둔탁하고 메마른 소리에 눈을 떴다. 오빠는 어느새 바지를 주워 입고 총알처럼 계단을 뛰어내려가고 있었다. 바깥에서는 갑작스런 소음이 끓었다. 무슨 사건이 일어났구나, 나는 가슴을 두근대며 베란다로 나갔다. 불이 나간 지 오래되어 깜깜한 거리, 치옥이네 집과 우리 집 앞을 메우며 사람들이 가득 와글와글 떠들고 있었다. 뒤미처 늘어선 집들의 유리문이 드르륵 열리고 베란다로 나온 사람들이 무슨 일이냐고 소리쳤다. 죽었다는 소리가 웅성거림 속에 계시처럼 들렸다. 모여 선 사람들은 이어 부르는 노래를 하듯 입에서 입으로 죽었다는 말을 옮기며 진저리를 치거나 겹겹의 둘러싼 틈으로 고개를 쑤셔 넣었다. 나는 턱을 달달 떨어대며 치옥이의 집 이층, 시커멓게 열린 매기 언니의 방과 러닝셔츠 바람으로 베란다의 난간을 짚고 아래를 내려다보고 있는 검둥이를 보았다.

잠시 후 요란한 사이렌을 울리며 미군 지프가 달려왔다. 겹겹이 진을 친 사람들이 순식간에 양쪽으로 갈라졌다. 헤드라이트의 쏟아질 듯 밝은 불빛 속에 매기 언니가 반듯이 누워 있었다. 염색한, 길고 숱 많은 머리털이 흩어져 후광처럼 얼굴을 감싸고 있었다. 위에서 던져버렸다는군.

검둥이는 술에 취해 있었다. 엠피가 검둥이의 벗은 몸에 군복을 걸쳐주었다. 검둥이는 단추를 풀어 헤치고 낄낄대며 지프에 실려 떠났다.

입 한 귀로 흘러내리는 물을 짜증 내지 않고 찬찬히 닦아주며 치옥이는 제니에게 물을 먹이고 있었다. 아무리 물을 먹여도 제니의 딸꾹질은 멎지 않았다.

고아원에 가게 될 거야.

치옥이가 말했다. 봄이 되면 매기 언니는 미국에 가게 될 거야, 검둥이가 국제결혼을 해준대라고 말하던 때처럼 조금 시무룩한 말투였다. 그 무렵 매기 언니는 행복해 보였다. 침대에 걸터앉은 검둥이의 발을 닦아주는 매기 언니의, 물들인 머리를 높이 틀어 올려 깨끗한 목덜미를 물끄러미 보노라면 화장을 지운, 눈썹이 없는 얼굴로 나를 돌아보며 상냥하게 손짓했다. 들어와, 괜찮아.

제니는 성당의 고아원에 갔어.

이틀 후 치옥이는 빨갛게 부은 눈을 사납게 찡그리며 말했다. 매기 언니의 동생이 와서 매기 언니의 짐을 모조리 실어 가며 제니만을 달랑 남겨놓았다는 것이다. 치옥이네 이층은 꽤 오랫동안 비어 있었다. 그러나 나는 치옥이네 집에 숙제를 하러 가거나 놀러 가지 않았다.

아침마다 길에서 큰 소리로 치옥이를 불렀다.

또 아이를 낳게 된다면 어머니는 죽을 것이라는 예감이 신념처럼 굳어가고 있었지만 어머니의 배는 치마 밑에서 조심스럽게 불러왔다. 대신 매운 손맛과 나지막하고 독한 욕설로 나날이 정정해지던 할머니가 쓰러졌다. 빨래를 하다가 모로 쓰러진 후 제정신이 돌아오지 않는 것이다. 할머니의 등에 업혀 살던 막냇동생은 언니의 차지가 되었다.

대소변을 받아내게 되자 어머니와 아버지는 할머니를 남편인 친척 할아버지가 있는 시골로 보내는 것에 합의를 보았다.

이십 년도 가는 수가 있대요. 중풍이란 돌도 삭인다니까요.

어머니는 작게 소곤거렸다. 그러고는 조금 큰 소리로, 미우니 고우니 해도 늙마에는 영감님 곁이 제일이에요 했고, 이어 택시를 대절해서 모셔야 해요 하고 크게 말했다.

할머니는 다시 아기가 되었다. 나는 치옥이가 제니에게 하듯 아무도 없을 때면 할머니의 방에 들어가 머리를 빗기고 물을 입에 떠 넣기도 하고 가끔 쉬를 했는지 속옷을 헤치고 기저귀 속에 살그머니 손끝을 대어보기도 했다.

할머니가 떠나는 날 어머니는 할머니의 옷을 벗기고 새 옷으로 갈아입혔다.

평생 자식을 실어보지도 못한 몸이라 아직 몸매가 이렇게 고우시

구나.

친척 할아버지가, 할머니의 동생인 작은할머니와 그 사이에 낳은 자식들과 살고 있는 시골에 할머니를 데려다 놓고 온 아버지는 한숨을 쉬며 더듬더듬 말했다.

못할 짓을 한 것 같아, 그 집에서 누가 달가워하겠어, 개밥에 도토리지. 그런데 부부라는 게 뭔지…… 글쎄 의식이 하나도 없는 양반이 펄떡펄떡 열불이 나는 가슴을 풀어 헤치고 영감님 손을 끌어당겨 거기에 얹더라니깐…….

그러게 내가 뭐랬어요, 역시 보내드리길 잘했지. 평생 서리서리 뭉쳐둔 한인걸요.

어머니는 할머니가 쓰던 반닫이의 고리를 열었다. 평소에 할머니가 만지지도 못하게 하던 것이라 우리들의 길게 뺀 목도 어머니의 손길을 따라 움직였다. 어머니는 차곡차곡 쌓인 옷가지들을 하나씩 들어내어 방바닥에 놓았다. 다리 부분을 줄여 할머니가 입던 아버지의 헌 내의, 허드레로 입던 몸뻬 따위가 바닥에 쌓였다. 항라, 숙고사 같은 옛날 천의 옷도 나왔다. 어머니의 손길에 끌려 나온, 지난날 할머니가 한두 번쯤 입고 아껴 넣어두었을 옷가지들을 보는 사이 비로소 이제 할머니는 돌아오지 않는다, 이런 옷들을 입을 날이 없을 것이라는 생각이 들어 가슴 밑바닥에 바람이 지나가듯 서늘해졌다. 할머니는 언제 저 옷들을 입었을까, 언제 다시 입기 위해 아끼고 아껴 깊이 넣어둔 걸까.

마지막으로 어머니는 수달피 배자를 들어내고 밑바닥을 더듬었다. 그리고 손수건에 단단히 싼 조그만 물건을 꺼냈다. 어머니의 손길이 움직이는 동안 우리 형제들은 숨을 죽여 뚫어지게 그것을 바라보았다.

어머니는 의아한 표정으로 눈살을 찌푸렸다. 그 속에는 동강이 난 비취반지, 퍼렇게 녹이 슬어 금방 부스러져버릴 듯한 구리 버클, 왜정 때의 백동전 몇 닢, 어느 옷에 달았던 것인지 모를 크고 작은 몇 개의 단추, 색실 토막 따위가 들어 있었다.

노친네도 참, 깨진 비취는 사금파리나 다름없어.

어머니는 혀를 차며 그것을 다시 손수건에 싸서 빈 반닫이에 던져 넣었다. 내의 따위 속옷은 걸렛감으로 내놓고 옷가지들은 어머니의 장롱에 옮겨놓았다. 수달피는 고급품이어서 목도리로 고쳐 쓰겠다고 했다.

다음 날 나는 아무도 몰래 반닫이를 열고 손수건 뭉치를 꺼냈다. 그러고는 공원으로 올라가 장군의 동상에서부터 숲 쪽으로 할머니의 나이 수만큼 예순다섯 발자국을 걸어 숲의 다섯 번째 오리나무 밑에 깊이 묻었다.

겨울의 끝 무렵 우리는 할머니의 부음을 들었다. 택시에 실려 떠난 지 두 계절 만이었다.

산월을 앞둔 어머니는 새삼스럽게 할머니가 쓰던, 이제는 우리들의 해진 옷가지들이 뒤죽박죽 되는대로 쑤셔 박힌 반닫이를 어루만지며 울었다.

저녁 내내 아무도 찾아내지 못할, 골방의 잡동사니들 틈에서 숨을 죽이고 있던 나는 밤이 되자 공원으로 올라갔다. 아주 깜깜했지만 나는 예순다섯 걸음을 걷지 않고도 정확히 숲의 다섯 번째 오리

나무를 찾을 수 있었다.

깊은 땅속에서 두 계절을 묻혀 있던 손수건은 썩은 지푸라기처럼 축축하게 손가락 사이에서 묻어났다. 동강난 비취반지와 녹슨 버클, 몇 닢 백동전의 흙을 털어 가만히 손안에 쥐었다. 똑같았다. 모두가 전과 다름없었다. 잠시의 온기와 이내 되살아나는 차가움.

나는 다시 손안의 물건들을 나무 밑에 묻고 흙을 덮었다. 손의 흙을 털고 나무 밑을 꾹꾹 밟아 다진 뒤 일정한 보폭을 유지하는 데 신경을 쓰며 장군의 동상을 향해 걸었다. 예순 번을 세자 동상이었다. 나는 고개를 갸웃했다. 분명히 두 계절 전 예순다섯 걸음의 거리였다. 앞으로 다시 두 계절이 지나면 쉰 걸음으로도 닿을 수가 있을까, 다시 일 년이 지나면, 그리고 십 년이 지나면 단 한 걸음으로 날듯 닿을 수 있을까.

아직 겨울이고 깊은 밤이어서 나는 굳이 사람들의 눈을 피하지 않고도 쉽게 장군의 동상에 올라갈 수 있었다. 키를 넘는, 위가 잘려진 정사면체의 받침돌에 손톱을 박고 기어올라 장군의 배 위에 모아 쥔 망원경 부분에 발을 딛고 불빛이 듬성듬성 박힌 시가지를 내려다보았다. 지난해 여름 전진처럼 자욱이 피어오르던 함성은 이제 들려오지 않았다. 다만 조용했다. 귀 기울여 어둠 속에 부드럽게 흐르는 소리를 좇노라면 땅속 가장 깊은 곳에서 숨어 흐르는 수맥이라도 손끝에 닿을 것 같은 조용함이었다.

나는 깜깜하게 엎드린 바다를 보았다. 동지나해로부터 밤새워 불어오는 바람, 바람에 실린 해조류의 냄새를 깊이 들이마셨다. 그리고 중국인 거리, 언덕 위 이층집의 덧문이 열리며 쏟아져 나와 장방

형으로 내려앉는 불빛과 드러나는 창백한 얼굴을 보았다. 차가운 공기 속에 연한 봄의 숨결이 숨어 있었다.

나는 따스한 피 속에서 돋아 오르는 순(筍)을 참을 수 없는 근지러움으로 감지했다.

인생이란…….

나는 중얼거렸다. 그러나 뒤를 이을 어떤 적절한 말도 떠오르지 않았다. 알 수 없는, 복잡하고 분명치 않은 색채로 뒤범벅된 혼란에 가득 찬 어제와 오늘과 수없이 다가올 내일들을 뭉뚱그릴 한마디의

말을 찾을 수 있을까.

다시 봄이 되고 나는 6학년이 되었다. 오빠는 어디서인지 강아지를 한 마리 얻어 와 길을 들이는 중이었다. 할머니가 없는 집 안에 개는 멋대로 터럭을 날리고 똥을 쌌다.

나는 일 년 동안 키가 한 뼘이나 자랐고 언니가 쓰던, 장미가 수놓여진 옥스포드천의 가방을 들게 된 것은 지난해부터였다.

우리는 겨우내 화차에서 석탄을 훔치고 밤이면 여전히 거리를 쥐떼처럼 몰려다니며 소란을 떨었으나 때때로 골방에 틀어박혀 대본집에서 빌려온 연애소설 따위를 읽기도 했다.

토요일이어서 오전 수업뿐이었다. 전날 선생님이 말했다. 회충약을 먹는 날이니 아침을 굶고 와요, 배가 부른 회충은 약을 받아먹지 않아요.

사람들은 이제 집을 훨씬 덜 지었으나 해인초 끓이는 냄새는 빠지지 않는 염색 물감처럼 공기를 노랗게 착색시키고 있었다. 햇빛이 노랗게 끓는 거리에, 자주 멈춰 서서 침을 뱉으며 나는 중얼거렸다.

회충이 지랄을 하나 봐.

치옥이는 깡통에 파마약을 풀고 있었다.

제분 공장에 다니던 치옥이의 아버지가 피댓줄에 감겨 다리가 잘린 후 치옥이의 부모가 치옥이를 삼거리의 미장원에 맡기고 이 거리를 떠난 것은 지난겨울이었다. 나는 매일 학교를 오가는 길에 미장원 앞을 지나치며 유리문을 통해 치옥이를 보았다. 치옥이는 자꾸 기어올라가는 작은 스웨터를 끌어당겨 맨살이 드러나는 허리를 가리며 미장원 바닥에 떨어진 머리칼을 쓸고 있었다.

나는 미장원 앞을 떠났다. 수천의 깃털이 날아오르듯 거리는 노란 햇빛으로 가득 차 있었다. 언제였지, 언제였지, 나는 좀체로 기억나지 않는 먼 꿈을 되살리려는 안타까움으로 고개를 흔들며 집을 향해 걸었다. 집 앞에 이르러 언덕 위의 이층집 열린 덧창을 바라보았다. 그가 창으로 상체를 내밀어 나를 손짓해 부르고 있었다.

내가 끌리듯 언덕 위로 올라가자 그는 창문에서 사라졌다. 그리고 잠시 후 닫힌 대문을 무겁게 밀고 나왔다. 코허리가 낮고 누른빛의 얼굴에 여전히 알 수 없는 미소를 띠고 있었다.

그는 내게 종이 꾸러미를 내밀었다. 내가 받아 들자 그는 몸을 돌려 안으로 들어갔다. 열린 문으로 어둡고 좁은, 안채로 들어가는 통로와 갑자기 나타나는 볕바른 마당과, 걸음을 옮길 때마다 투명한 맨발에 찰랑대며 묻어 오르는 햇빛을 보았다.

나는 골방에 들어가 문을 잠근 뒤 종이 뭉치를 끌렀다. 속에 든 것은 중국인들이 명절 때 먹는 세 가지 색의 물감을 들인 빵과, 용이 장식된 엄지손가락만 한 등이었다.

나는 그것들을 금이 가서 쓰지 않는 빈 항아리 속에 넣었다. 안방에서는 어머니가 산고(産苦)의 비명을 지르고 있었으나 나는 이층으로 올라갔다. 그리고 숨바꼭질을 할 때처럼 몰래 벽장 속으로 숨어들어갔다.

한낮이어도 벽장 속은 한 점의 빛도 들이지 않아 어두웠다. 나는 차라리 죽여줘라고 부르짖는 어머니의 비명과 언제부터인가 울리기 시작한 종소리를 들으며 죽음과도 같은 낮잠에 빠져들어갔다.

내가 낮잠에서 깨어났을 때 어머니는 지독한 난산이었지만 여덟 번째 아이를 밀어내었다. 어두운 벽장 속에서 나는 이해할 수 없는 절망감과 막막함으로 어머니를 불렀다. 그리고 옷 속에 손을 넣어 거미줄처럼 온몸을 끈끈하게 죄고 있는 후덥덥한 열기를, 그 열기의 정체를 찾아내었다.

초조(初潮)였다.

– 오정희, 《유년의 뜰》, 문학과지성사, 2017

어휘풀이

간단없이 끊임없이.

고물 배의 뒷부분.

괴뢰 집단 한 쪽이 조종하는 대로 움직이는, 종속된 집단. 괴뢰는 꼭두각시를 의미함.

깔 물건의 빛깔이나 맵시. '깔먹이다'는 사전에서 찾을 수 없는 말이다. 그러나 '깔'이라는 의미로 유추해 보면 '빛깔이나 맵시가 입혀지거나 칠해지다' 정도의 의미가 아닐까 싶다.

끄들리다 잡아 쥐고 당겨서 추켜들리다.

낙진 화산 폭발 등으로 생겨나 주변의 땅 위에 떨어지는 가루 형태의 물질.

난산 순조롭지 아니하게 아이를 낳음.

노장군의 동상 맥아더 장군의 동상.

노획량 싸워서 적의 물품을 빼앗은 양.

늙마 '늘그막(늙어 가는 무렵)'의 준말.

다다미 마루방에 까는 일본식 돗자리.

대본집 책을 빌려주던 곳, 요즘의 도서 대여점.

동이다 끈이나 실 따위로 감거나 둘러 묶다.

동지나해 동중국해. 우리나라 제주도 남쪽과 중국 동쪽, 일본과 대만 사이에 있는 바다.

되바라지다 어린 나이에 어수룩한 데가 없고 얄밉도록 지나치게 똑똑하다.

됫박 머리 됫박을 뒤집어쓰고 자른 머리.

따라지 보잘것없거나 하찮은 처지에 놓인 사람이나 물건.

딱따기 야경꾼이 순찰을 돌 때 서로 마주치며 '딱딱' 소리를 내게 만든 두 짝의 나무토막.

땅뺏기놀이 땅에 일정한 범위를 정하여 놓고 자기 땅을 넓혀 가면서, 한편 상대방의 땅을 빼앗아 가는 아이들 놀이. '땅재먹기', '땅따먹기', '땅뺏기'라고도 한다.

마적단 말을 타고 떼를 지어 다니는 도둑. 주로 청나라 말기에 만주 지방에서 활동하였다.

망연하다 아무 생각이 없이 멍하다.

망종 아주 몹쓸 종자란 뜻으로, 행실이 아주 못된 사람을 낮잡아 이르는 말.

물매가 싸다 기울기가 크다. '물매'는 건축에서 쓰이는 말로 '수평을 기준으로 한 경사도'를 뜻하며, '싸다'는 '비탈진 정도가 급하다'라는 뜻이다.

밀대 '밀짚(밀알을 떨고 난 밀의 줄기)'의 북한어.

반닫이 앞의 위쪽 절반이 문짝으로 되어 아래로 젖혀 여닫게 된, 궤 모양의 가구.

방죽 물이 밀려 들어오는 것을 막기 위하여 쌓은 둑.

밭다 시간이나 공간이 바싹 붙어 있어 몹시 가깝다.

배자 추울 때에 저고리 위에 덧입는, 주머니나 소매가 없는 옷.

백동전 일제 시대의 동전. 백통전이라고도 했으며, 1전, 5전, 10전짜리 동전이 있었다.
버짐 백선균에 의해 일어나는 피부병.
버클 허리띠나 구두에 달려서 고정시키는 구실을 하는 쇠붙이.
부음 사람이 죽었다는 것을 알리는 말이나 글.
분방하다 규칙이나 규범 따위에 구애받지 아니하고 제멋대로이다.
비사치기 아이들 놀이의 하나. 손바닥만 한 납작한 돌을 세워 놓고 얼마쯤 떨어진 곳에서 돌을 던져 맞히거나 발로 돌을 차서 맞혀 넘어뜨린다.
비취 비취옥. 반투명체로 된 짙은 푸른색의 윤이 나는 구슬.
사금파리 사기그릇의 깨어진 작은 조각.
사방치기 어린이 놀이의 하나. 땅바닥에 여러 공간을 구분해 그려 놓고, 그 안에서 납작한 돌을 한 발로 차서 차례로 다음 공간으로 옮기다가 정해진 공간에 가서는 돌을 공중으로 띄워 받아 돌아온다.
산고 아이를 낳을 때 느끼는 고통.
산토닌 회충, 요충, 편충에 쓰는 구충제.
살비듬 피부에서 하얗게 떨어지는 살가죽의 부스러기.
상고머리 머리 모양의 하나. 옆머리와 뒷머리를 치올려 깎고 앞머리는 가르마 없이 내리 빗은 상태에서 일자로 가지런히 자른 머리.
상기 아직.
서캐 이의 알.
선창 물가에 다리처럼 만들어 배가 닿도록 한 곳.
수달피 수달의 가죽.
숙고사 삶아 익힌 명주실로 짠 천. 봄과 가을 옷감으로 씀.
순 나무의 가지나 풀의 줄기에서 새로 돋아 나온 연한 싹.
아편 양귀비의 즙액을 굳힌 것으로, 마약의 일종.
야경꾼 밤새 화재나 범죄가 없도록 살피고 지키는 사람.
양갈보 서양 사람에게 몸을 파는 여자.
양재기 양은이나 알루미늄 따위로 만든 큰 그릇.
엠피 헌병(군사 경찰 구실을 함).
옥스포드천 굵고 두꺼운 실로 만든 탄탄한 조직의 원단. 원단이 두꺼워 커튼이나 가방 원단으로 많이 사용됨.
용마루 지붕 가운데 부분에 있는 가장 높은 수평 마루.

이내 해 질 무렵 멀리 보이는 푸르스름하고 흐릿한 기운.
이의(異意) 다른 의견.
이켠 '이쪽'의 북한어.
잔양 해 질 무렵의 볕.
적산 광복 이전 한국 내에 있던 일본인 소유의 재산을 광복 후에 이르는 말.
적의 적대하는 마음.
전조 어떤 일이 생길 기미.
전족 중국의 옛 풍습 가운데 하나. 여자의 엄지발가락 이외의 발가락들을 어릴 때부터 발바닥 방향으로 접어 넣듯 힘껏 묶어 헝겊으로 동여매어 자라지 못하게 한 일이나 그런 발.
전진 싸움터에서 이는 먼지나 티끌. 싸움터의 소란.
전짓불 손전등에 비치는 불빛.
제분 곡류를 분쇄하여 조리·가공하기 쉬운 분말 또는 거친 가루로 만드는 일을 말한다. 일반적으로 제분이라고 하면 밀가루(소맥분) 제조를 의미한다. 곡류 중에서 밀(소맥)을 잘게 분쇄하여 밀가루를 제조하는 공업은 다른 곡류의 제분과 비교할 때 가공량이 많고 기술적으로나 기업 형태에서도 가장 앞서 있다. 밀가루는 전량 수입을 한 후 국내에서 가공하기 때문에 제분 공장은 인천이나 부산 등의 항구와 가까운 곳에 많이 세워졌다.
조면 서로 교제를 끊음.
중동 사물의 중간이 되는 부분이나 가운데 부분.
지구전 승부를 빨리 내지 않고 오랫동안 끌어가며 싸우는 전쟁이나 시합.
창부 타령 경기민요. '창부'는 무당의 남편이면서 악기를 연주하는 사람을 칭하며, 창부굿에서 불리던 무가가 후에 경기민요 소리꾼들에 의해 통속 민요로 변하였다.
초조 초경. 대략 12세에서 15세 사이의 여성이 처음으로 시작하는 월경.
춘곤 봄날에 느끼는 나른한 기운.
치마 말기 치마의 맨 위 허리에 둘러서 댄 부분.
침목 선로 아래에 까는 나무나 콘크리트 토막.
쿠리(=쿨리) 육체 노동에 종사하는 하층의 중국 또는 인도인 노동자.
파문 물결 모양의 무늬.
파상 물결의 모양.
패티코트 스커트 밑에 받쳐 입는 속치마.
푸새 옷 따위에 풀을 먹이는 일.
푸줏간 예전에, 쇠고기나 돼지고기 따위의 고기를 끊어 팔던 가게.

풍물 어떤 지방이나 계절 특유의 구경거리나 산물.

피댓줄 가죽 띠로 된 줄. 벨트.

하마하마 ① 어떤 기회가 자꾸 닥쳐오는 모양. ② 어떤 기회를 자꾸 기다리는 모양.

항라 명주, 모시, 무명실 따위로 짠 피륙의 하나로 여름 옷감에 적당함.

해인초 홍조류의 해조. 높이는 5~25cm이며, 검은 자줏빛 또는 붉은 자줏빛이다. 7~10월에 채취하여 건조시켜 태독(胎毒) 치료나 회충약으로 쓴다.

형해 ① 사람의 몸과 뼈. ② 어떤 구조물의 뼈대를 이루는 부분.

혼미 의식이 흐린 상태.

화차 '화물 열차'를 줄여 이르는 말.

효모 균계에 속하는 미생물. 효모가 단당류를 분해하면서 만드는 이산화탄소에 의해 반죽이 부드럽게 부풀어 오르게 되고, 이렇게 발효된 반죽으로 빵을 만드는 것이다.

휘장 여러 폭으로 이어서 빙 둘러치는 장막.

흉중 마음속에 품고 있는 생각.

깊게 읽기

묻고 답하며 읽는 〈중국인 거리〉

배경

인물·사건

작품

주제

1_ 낯선 시대, 낯선 공간

아이들은 왜 도둑질을 하나요?
왜 해인초를 끓이나요?
'중국인 거리'는 어떻게 그려지나요?

2_ 등장인물 속으로

중국인 남자는 왜 '나'를 보는 걸까요?
행복한 여성은 없나요?
아버지들은 왜 다 그런가요?
'죽음'이 왜 이렇게 많이 나오나요?
'나'는 초조를 어떻게 받아들이나요?

3_작가는 왜?

서술자인 '나'는 아이인가요, 어른인가요?
이야기 순서가 어떻게 되나요?
왜 과거를 색깔로 기억할까요?
작가도 중국인 거리에 살았었나요?

1

낯선 시대, 낯선 공간

아이들은 왜 도둑질을 하나요?

> 화차가 오고 몇 번의 덜컹거림으로 완전히 숨을 놓으면 우리들은 재빨리 바퀴 사이로 기어들어가 석탄가루를 훑고 이가 벌어진 문짝 틈에 갈퀴처럼 팔을 들이밀어 조개탄을 후벼내었다. 철도 건너 저탄장에서 밀차를 밀며 나오는 인부들이 시커멓게 모습을 나타낼 즈음이면 우리는 대개 신발주머니에, 보다 크고 봄놀림이 잽싼 아이들은 시멘트 부대에 가득 석탄을 훔쳐 담고 낮은 철조망을 깨금발로 뛰어넘었다.
> 선창의 간이음식점 문을 밀고 들어가 구석 자리의 테이블을 와글와글 점거하고 앉으면 그날의 노획량에 따라 가락국수, 만두, 찐빵 등이 날라져 왔다.

이 소설은 아이들이 도둑질하는 장면으로 시작돼요. 학교가 파한 뒤 아이들은 책가방만 던져놓고 제분 공장으로 갑니다. 수위가 자리를 비운 틈을 타서 마당에서 밀을 훔쳐 먹지요. 다음에는 철로로 가요. 화차가 멈추자마자 바퀴 사이로 기어들어가 탄가루를 훑고, 이가 벌어진 문짝에서 조개탄을 후벼내지요. 아이들은 이런 행위에 어찌나 익숙한지 잠깐 사이에 신발주머니나 시멘트 부대에 가득 조개탄을 채우고는 인부들이 나타나기 전에 철조망을 뛰어넘어 도망을 칩니다. 그러고는 간이음식점에 가서 훔친 조개탄으로 끼니를 때우지요.

아이들이 무언가를 훔치는 행위는 먹는 것과 관련이 있습니다. 아이들의 행위가 일상적이고 아무렇지 않은 놀이처럼 그려지고 있지만, 생각해보면 그러한 모습이 비참하게 느껴지기도 합니다.

한국전쟁 직후 도시는 폐허가 되었고, 사람들은 먹고살기조차 어려운 상황이었지요. 그렇다 보니 부모가 아이들을 제대로 돌보기도 어

려웠고, 끼니를 때우는 것조차 쉽지 않았습니다. 물론 어른들은 아이들의 행동이 올바르지 않다는 것을 알았지만, 못하게 할 수도 없었을 겁니다. 훔치지 않으면 굶어야 할 수도 있으니까요.

이렇듯 당시는 공동체의 도덕성보다는 '생존'이 더 시급한 문제였습니다. 이러한 시대적·현실적 이유 때문에 '나'를 비롯한 아이들은 어른들의 보살핌 밖에서 그들만의 방식으로 살아가는 방법을 터득한 것입니다.

왜 해인초를 끓이나요?

> 민들레꽃이 필 무렵이 되면 나는 늘 어지럼증과 구역질로, 툇돌에 앉아 부걱부걱 거품이 이는 침을 뱉고 동생은 마당을 기어 다니며 흙을 집어 먹었다. 할머니는 긴 봄 내내 해인초를 끓였다. 싫어 싫어 도리질을 해대며 간신히 한 사발을 마시고 나면 천지를 채우는 노오란빛과 함께 춘곤(春困)과도 같은 이해할 수 없는 나른한 혼미 속에 빠져 할머니에게 지금이 아침인가 저녁인가를 때 없이 묻곤 했다. 할머니는 망할 년, 회 동하나 보다라고 대꾸하며 흐흐 웃었다.

해인초는 바다 밑 바위에 붙어사는 식물이에요. 김이나 미역같이 몸 전체가 잎처럼 생겼지요. 여름에 뜯어내어 말려서 씁니다. 약간 불쾌한 짠맛이 있고, 끓이면 비릿한 냄새가 납니다.

이러한 해인초는 주로 세 가지 용도로 쓰였습니다. 회충약과 태독 치료, 그리고 석회를 굳히는 것이지요.

우선 해인초는 회충약으로 쓰였어요. 옛날에는 몸 안에 기생충이 있는 사람이 많았는데, 가장 흔한 것이 회충이었습니다. '민들레꽃이 필 무렵', 즉 봄은 회충의 주된 번식 시기입니다. 그래서 암수가 새끼를 치느라고 배 안에서 얽히고설켜서 창자를 세게 누르지요. 이것을 '횟배앓이'라고 해요. 회충이 배 속에서 늘어나기 때문에 '나'는 어지럼증을 느끼고 구역질도 합니다. 먹어도 먹어도 배 속이 허전하기 때문에 동생은 마당의 흙까지 집어 먹지요. 별다른 회충약이 없는 가정

에서는 해인초를 달이거나 가루를 만들어 먹었습니다. 해인초에 들어 있는 성분이 회충의 운동을 마비시키는 작용을 한다고 하네요.

'나'는 해인초를 먹고 나서 정신이 몽롱해집니다. 회충을 마비시킬 만큼 독한데, 한 사발을 마셨으니 몽롱해질 만도 합니다. 할머니는 이것을 '회가 동한다'고 하는데, 회충이 죽기 전에 요동치는 것을 말합니다. 그런데 '회가 동하다'는 배 속에 든 회충이 먼저 즐거워할 정도로 입맛이 당긴다는 뜻으로도 쓰인답니다.

또 해인초는 태독의 치료약으로도 쓰였습니다. 갓 태어난 아이에게 진물이 나거나 염증이 생기는 피부병을 '태독'이라고 해요. 엄마가 아이를 많이 낳았던 '나'의 집에서는 아이에게 태독이 생길 때마다 할머니가 해인초를 끓였을 것입니다.

해인초의 또 다른 기능은 석회를 굳히는 것이었습니다. 해조류의 점액질 성분에는 접착력이 있는데, 해조류 중에서도 해인초 같은 홍조류의 접착력이 가장 좋다고 해요. 그래서 석회나 시멘트 반죽을 할 때 해인초 끓인 물을 넣으면 더 잘 굳게 되는 것이지요. 전쟁 후 복구를 위한 건설 현장마다 석회를 썼으니, 해인초를 끓이는 냄새가 늘 배어났겠지요.

몸 밖에 사는 기생충

어려웠던 시절, 사람에게 기생했던 것들은 몸 안뿐 아니라 몸 밖에도 있었어요. 이, 서캐, 빈대와 벼룩 등이 그것입니다.

'이'는 사람의 몸과 머리에 살면서 피를 빨아먹어요. 이가 생기면 머리고 몸이고 가려워져 벅벅 긁어댈 수밖에 없지요. 이를 잡는 데는 살이 촘촘한 참빗을 이용했어요. 참빗으로 머리를 싹싹 긁으면 이가 떨어져 나왔지요. 그 이를 손톱으로 터뜨리면 붉은 피가 선명하게 나왔답니다. '서캐'는 이의 알인데, 움직이지 못하고 머리며 몸에 하얗게 붙어 있어요. 속담 중에, 샅샅이 뒤져서 하나도 없이 씨를 말린다는 뜻으로 '이 잡듯 한다'거나 '서캐 훑듯 한다'는 말이 있어요. 이를 잡을 때 농약 성분의 약을 뿌리기도 했습니다. 디디티(DDT)라는 약인데, 해방 직후에 남한에 들어온 미군이 살포했습니다. 디디티는 제2차 세계대전 중에 물것을 잡는 데 썼고, 1960년대까지도 골목골목에 살포했답니다.

'빈대'는 주거 환경이 청결해지면서 지금은 거의 볼 수가 없는데, 예전에는 밤에 주로 나타나 사람들의 몸에 붙어서 피를 빨아 먹었습니다. 배가 빵빵해질 정도로 피를 빨았고, 빈대에게 피를 빨리면 엄청 가렵고 괴로웠다고 합니다. 그래서 사람들은 빈대라면 어떤 대가를 치르든 없애려고 했습니다. '빈대 잡으려다 초가삼간 태운다'는 말이 여기서 나왔지요.

'벼룩'은 주로 바닥에 살았는데, 몸은 작지만 야물어서 눌러도 죽지 않고 자기 몸의 200배쯤을 뛰어오를 수 있어요. 벼룩 역시 사람 몸에 기생하면서 피를 빨아 먹을 뿐 아니라 흑사병이나 발진열 등의 질병을 전파하는 매개가 되기도 했습니다.

'중국인 거리'는 어떻게 그려지나요?

> 해안촌(海岸村) 혹은 중국인 거리라고도 불리는 우리 동네는 겨우내 북풍이 실어 나르는 탄가루로 그늘지고, 거무죽죽한 공기 속에 해는 낮달처럼 희미하게 걸려 있었다.

'나'가 어린 시절을 보낸 중국인 거리는 전쟁으로 폐허가 되어버린 회색빛 도시였지만, 동시에 상상과 호기심을 불러일으켰던 공간이기도 했어요. '나'의 기억 속에 중국인 거리가 어떻게 남아 있는지 찬찬히 살펴볼까요.

전쟁으로 인한 폐허의 공간

'나'의 가족은 읍에 피난 가서 살다가 아버지가 취직을 하여 도시로 이사를 오게 돼요. 수많은 검문소를 지나 도착한 곳이 바로 '해안촌' 혹은 '중국인 거리'라고 불리는 동네이지요. 이곳은 '나'의 가족이 꿈꾸던 도회지의 모습과는 많이 다릅니다. 도시라고는 하지만 전쟁 직후의 거리는 이전에 살던 읍의 마을처럼 초라하고 지저분해요.

도시에는 미군 부대도 있어요. 미군 부대에서 병사들이 칼을 던지며 노는 장면이 나오지요. 미군은 울타리 밖 아이들 근처에 있던 고양이에게 칼을 던져 고양이를 죽여요. 아이들이 죽은 고양이를 나무 막대에 묶어 방죽 아래까지 행렬을 지어 갈 때 수녀의 죽음을 알리는 성당의 종소리가 울려 퍼지지요. 어둡고 적막한 이 장면은 전쟁 후에 아이들이 겪었던 삭막한 일상의 배경 음악처럼 들립니다.

또 시의 동쪽 공설 운동장에서 들리는 함성 소리는 "아스라하게 웅웅대며 들려오는 소리"로 표현되는데, 이는 여전히 남아 있는 이념 대립의 상황을 보여줍니다.

제분 공장이나 미장원 같은 일상적 공간도 안온하게 그려지지 않아요. 치옥이의 아버지는 제분 공장에서 사고로 다리를 잃고 먹고살기가 어려워지자 딸 치옥이를 미장원에 맡기게 돼요. 전쟁 통에 부모를 잃은 아이들은 성당의 고아원에 가서 살기도 하지요. 매기 언니를 잃은 제니처럼요.

이처럼 전쟁 장면에 대한 직접적인 묘사는 없지만, 빈터만 남은 도시를 감싸는 그늘지고 어두운 분위기는 전쟁 직후의 폐허와 불안을 느끼게 합니다.

이방인들의 거리

'나'의 집은 이층 목조 건물로 중국인 거리와 맞닿아 있어요. 언덕 위에 자리한 중국인들의 이층집은 덩치는 크지만 창문과 출입문은 나무 덧문으로 굳게 닫혀 있지요. 이 낯선 거리에서 중국인들과 인접해 살고 있지만 어른들은 그들에게 무관심하거나 그들을 경멸합니다. 반면 '나'와 같은 아이들은 중국인들과 접촉은 없지만 늘 궁금해해요. '나'는 입덧하는 어머니를 위해 싱싱한 굴과 조개를 사러 중국인 거리를 지나 부두로 갑니다. '나'는 다른 아이들처럼 이 거리를 지나며 알 수 없는 두려움과 호기심을 느끼지요.

> 시의 정상에서 조망하는 중국인 거리는, 검게 그을린 목조 적산 가옥 베란다에 널린 얼룩덜룩한 담요와 레이스의 속옷들은, 이 시의 풍물(風物)이었고 그림자였고 불가사의한 미소였으며 천칭의 한쪽 손에 얹혀 한없이 기우는 수은이었다. 또한 기우뚱 침몰하기 시작한 배의, 이미 물에 잠긴 고물(船尾)이었다.

'나'가 공원에서 중국인 거리를 바라보는 장면이에요. '나'는 중국인, 피난민, 양공주, 미군 등이 섞여 사는 혼란스러움으로 중국인 거리를 묘사하고 있어요. 동시에 고양이의 죽음, 수녀의 죽음, 매기 언니와 할머니의 죽음, 그리고 동생의 생명과 자신의 초경이 시작되는 공간, 즉 삶과 죽음이 교차하는 공간으로 기억하기도 합니다.

거리를 두고 세상을 바라보는 공간 - 공원

하늘로 이어질 것 같은 계단을 오르면 공원이 나와요. 인천 상륙 작전의 총지휘관이었던 맥아더 장군의 동상이 있는 곳이지요.

'나'는 병에 걸린 할머니가 할아버지 집으로 간 뒤 공원에 올라가요. 장군 동상에서 할머니의 나이 수대로 예순다섯 발자국을 걸어간 곳에 할머니의 손수건 뭉치를 묻습니다. 얼마 뒤 할머니의 부음을 듣고 공원에 가서 할머니의 유품을 꺼내 보고 다시 그것을 땅에 묻어요. 두 계절 전에는 동상에서부터 예순다섯 발자국 거리에 손수건을 묻었는데, 지금은 예순 발자국 만에 동상으로 돌아오지요. 한때는 천둥벌거숭이처럼 쏘다니던 공원에서 '나'는 삶에 대해 생각해봅니다.

공원은 현실에서 한 발 떨어져서 '나'가 삶과 죽음에 대해 생각해보고, '순'이 돋아 오르듯 커가는 자신의 성장을 발견하는 공간입니다. 또 앞으로 어떻게 살아가야 할까를 어렴풋하게나마 고민해보는 공간이라 할 수 있습니다.

낯섦과 금기의 공간 - 매기 언니의 방

'나'의 친구인 치옥이네 집 2층에는 매기 언니가 미군과 함께 살고 있어요. 어른들에게는 '천대'와 '금기'의 공간인 매기 언니의 방은 '나'가 낯섦과 마주하는 공간이지요. 매기 언니의 방에 있는 비스킷과 사탕, 유리병, 화장품, 향수, 페티코트는 신기하기만 합니다. 진주 목걸이, 유리알 브로치, 귀걸이처럼 반짝이는 것들을 만져보는 것, 초록색 술을 한 모금 맛보는 것은 모두 '나'의 짜릿한 비밀이었을 거예요. 또한 치옥이와 함께 어머니에게서 벗어나고 싶은 비밀을 나누기도 합니다.

그러나 매기 언니의 방은 비극을 예고하는 공간이기도 해요. '나'는 매기 언니의 방 창문을 통해 중국인 남자의 얼굴을 보게 되는데, 이때 알 수 없는 '슬픔'을 느끼게 됩니다. 소설 후반부에 매기 언니와 함께 살던 미군은 매기 언니를 창밖으로 던져 죽게 합니다. 그와 함께 미국에 가려 했던 매기 언니의 꿈도 그 방에서 깨져버리게 되지요.

내면을 살피는 공간 - 골방과 벽장

석유 보급소에 취직한 아버지는 자기 집을 끊임없이 수리하고 확장해가요. 때문에 집에는 "개미굴같이 복잡하게 얽힌 좁고 긴 통로가 느닷없이 나타나고, 숨으면 아무도 찾아낼 수 없는 장소"가 생기지요. '나'가 슬픔을 느낀 순간 숨어든 장소가 바로 작은 골방입니다. 소설의 마지막에 중국인 남자에게 꾸러미를 선물 받고 '나'는 다시 이 골방에 들어옵니다. 골방은 자신의 알 수 없는 감정을 품어두는 자신의 마음속과도 같은 공간이에요.

어머니가 집 안에서 산고를 겪을 때, '나'는 이층의 벽장 안에 숨어 들어가요. 거기서 어머니의 고통스러운 비명과 죽음을 알리는 성당의 종소리를 들으며 잠에 빠져들지요. 이 벽장 속에서 '나'는 절망감과 막막함을 느끼게 되고 초조를 경험합니다.

이 장면의 벽장은 한낮이어도 빛이 들지 않는 컴컴한 공간, 죽음과도 같은 낮잠에 빠지는 공간이에요. 외부 세계와 떨어져서 '나'가 삶과 죽음에 대해 성찰하고, 상실감과 생명감을 경험하는 내밀한 공간이라고 할 수 있지요.

'나'는 '해안촌' 혹은 '중국인 거리'라 불리는 그곳에서 전쟁으로 인한 팍팍한 삶과 죽음을 바라보고, 중국인으로 대표되는 낯선 사람들과 만나며 혼란스러움을 경험해요. 그곳은 '아이와 어른', '우리와 이방인', '삶과 죽음'의 경계를 확인하고 혼란과 매력을 동시에 경험하는 강렬한 공간이었을 듯합니다. 이런 이유로 '나'에게 중국인 거리는 잊히지 않는 강렬한 기억으로 남게 됩니다.

인천 차이나타운의 역사

중국인들이 인천에 들어와서 살게 된 것은 언제부터 일까요? 인천에 중국인들이 거주하게 된 것은 임오군란(1882년)에서 그 유래를 찾을 수 있어요. 그 당시 중국인 오장경이 임오군란을 수습하기 위해 청나라 군사 4000명을 데리고 우리나라에 들어왔는데, 이때 군수 물자를 조달하기 위해 따라 들어온 청나라 상인들로부터 화교의 정착이 시작되었다고 해요. 이후 화교의 이민은 인천 개항(1883년) 이후 1885년부터 본격화되어 중국인들이 모여 살면서 그들만의 독특한 문화를 형성해 나가게 됩니다. 그러나 인천의 화교는 한일합방 이후부터 감소하다가 1920년대 들어서면서 다시 증가하기 시작했습니다. 이는 중국 대륙의 혼란으로 해외로 이주하는 화교 수가 늘어났기 때문입니다. 당시 인천을 통해 들어온 중국인 노동자들이 전국 각지로 이동했습니다.

1948년 남한 정부가 수립되어 외국인 출입을 규제하게 되자 중국인의 한국 이주가 중단되었고, 1949년 공산화된 중국과의 단교 이후 중국 배가 더 이상 인천 항구로 들어오지 못하게 되면서 무역 회사들이 이곳을 떠나기 시작했습니다.

한국전쟁 이후에는 한국 경제의 발전 과정에서 화교들을 배척하는 정책들이 생겨나기 시작했습니다. 특히 1950년대 초 한국 정부가 외래 상품 불법 수입을 금지하여 무역상들이 큰 타격을 받게 됩니다. 이때 많은 화교들이 무역업에서 요식업으로 전환했고, 중국 음식점이 한때 호황을 맞기도 했습니다. 그러나 1967년 외국인의 토지 소유를 제한한 '외국인 토지법' 및 음식점에 대한 중과세 부과 등으로 화교들의 경제가 다시 침체되기 시작했습니다. 이러한 압박으로 상당수의 화교들이 대만이나 미국으로 재이주하기도 했습니다.

그러다 1992년 한중 수교가 이루어지고 1997년 외환 위기가 발생하면서 경제적 자원으로서의 화교의 가치에 대한 인식이 높아졌고, 세계화 시대를 맞이하여 한국의 외국인 정책을 재검토하려는 시도와 맞물리면서 억압적이었던 각종 법률과 제도들이 완화되기 시작했습니다. 현재 인천의 역사성과 문화성이 재조명되면서 차이나타운은 문화와 관광 명소로 많은 사람들이 찾고 있습니다.

2 등장인물 속으로

중국인 남자는 왜 '나'를 보는 걸까요?

> 나는 문의 쇠장식에 달아오른 뺨을 대며 바깥을 내다보았다. 그리고 다시 중국인 거리의 이층집 열린 덧문과 이켠을 보고 있는 젊은 남자의 얼굴을 보았다. 그러자 알지 못할 슬픔이 가슴에서부터 파상(波狀)을 이루며 전신으로 퍼져나갔다.

시선이 마주치다

소설 속에서 '나'가 중국인 거리로 이사 오던 날, "목덜미에 시퍼렇게 면도 자국을 드러낸 됫박 머리에 솜이 삐져나온 노랑색 인조견 저고리를 입은, 아홉 살배기 버짐투성이 계집애인 나는 동생을 업고 이상하게 안절부절못하는 심사로" 중국인 거리를 둘러봐요. 새벽의 이사 소동에 중국인 거리는 잠을 깨고, 그때 언덕 위 이층집들의 닫힌 덧창 중 하나가 열리며 '나'는 젊은 남자의 창백한 얼굴을 처음으로 보게 됩니다.

중국인 남자와의 두 번째 만남은 이발소에서였어요. '나'는 됫박 머리가 아닌 상고머리를 원했는데, 이발소 아저씨가 잡담을 하다가 그만 됫박 머리로 깎아버리지요. 아홉 살의 계집아이인 '나'는 아저씨에게 바락바락 악을 써요. 그 이발소에서 '나'의 되바라진 말에 웃지 않은 사람이 두 명 있었는데, 이발소 아저씨와 바로 그 중국인 남자였습니다. '나'는 이발소 아저씨에게 악담을 퍼붓고 집으로 뛰어와요. 그러고는 변소 옆 골방에 숨어 "온몸의 뼈가 물러앉는 듯한, 센 물살과도 같은 슬픔"을 느끼지요.

열 살이 된 '나'는 치옥이와 친구가 되어 치옥이의 손에 이끌려 매기 언니네 방에 가게 돼요. 그곳에서 '나'는 치옥이가 권하는 초록색 술을 한 모금 마시고 바깥을 내다보다가 이층집의 열린 덧문과 이켠을 보고 있는 젊은 남자의 얼굴을 다시 보게 되지요. 이때도 '나'는 "알지 못할 슬픔"을 느껴요. 그 뒤로도 '나'는 여러 차례 창을 열고 이켠을 보고 있는 그 남자의 시선과 마주합니다.

열한 살이 된 '나'는, 어느 날 아이들과 함께 미군 병사들이 칼 던지기 하는 것을 구경해요. 그러다가 오빠는 미군들의 장난으로 죽은 도둑고양이를 집어 들고 도망쳐 칼을 얻고, 아이들은 죽은 고양이의 목을 나뭇가지에 매달아 들고 중국인 거리를 지나 부두를 향해 걸어갑니다. 그때 '나'는 그 젊은 남자를 다시 보게 돼요. "이층의 덧문을

열고 그는 슬픈 듯, 노여운 듯 어쩌면 희미하게 웃는 듯한 알 수 없는 눈길로" 그 행렬을 지켜보고 있었지요.

이후 중국인 거리에 많은 일이 일어나요. '나'가 열두 살 때 매기 언니가 죽고, 할머니가 중풍으로 쓰러져 시골로 가게 되지요. '나'는 할머니가 소중히 간직했던 물건들을 손수건에 싸서 공원의 맥아더 장군 동상 근처 숲의 오리나무 밑에 깊이 묻어요. 두 계절이 지난 후 겨울의 끝 무렵, 할머니의 부음을 듣고 밤에 공원으로 가서 할머니 물건들을 꺼내 보고는 다시 나무 밑에 묻습니다. 그러고는 동상에 올라가 불빛이 듬성듬성 박힌 시가지를 내려다봐요. 그때 "중국인 거리, 언덕 위 이층집의 덧문이 열리며 쏟아져 나와 장방형으로 내려앉는 불빛과 드러나는 창백한 얼굴"을 또 봅니다.

이듬해 '나'가 열세 살 때, 중국인 남자는 창으로 상체를 내밀어 '나'를 손짓해 부르고는 대문을 열고 나와 알 수 없는 미소를 띠고는 종이 꾸러미를 내밀어요. 그러고는 집으로 들어가버리지요. '나'는 집 골방에 들어가 문을 잠그고 종이 꾸러미를 열어봅니다. 그 안에는 중국인들이 명절에 먹는 빵과 용이 장식된 등이 들어 있었지요.

시선을 의식하다

그 남자는 누구이며, '나'가 느낀 슬픔의 정체는 무엇일까요? '나'에게 왜 선물 꾸러미를 주었을까요?

이 소설은 '나'가 아홉 살부터 열세 살까지의 시간을 그리고 있어요. 특히 열 살부터 열두 살까지의 기억이 중심이 되지요. 사춘기라고 하기에는 조금 어린 나이. 돌이켜 생각해보면, 중학생이 되기 전까지의 그 시간이 많은 여자아이들에게 막막하고 힘겨운 시기로 기억될 겁니다. 어이없는 일로 겁에 질리고, 부끄러워하고, 당황스러웠던 시기. 2차 성징이 시작되던 바로 그 시기가 이 소설의 주인공 '나'가 회상하는 때인 것이지요.

아이에서 어른으로 조금씩 변화하려는 그때, 몸이 아닌 마음에 일어난 가장 놀라운 일은 '타인의 발견'이 아니었을까 싶어요. 어린아이들은 세상의 주인공을 자신이라고 생각해요. 그래서 부끄러움이 없지요. 부끄러움은 타인을 염두에 둔 감정이니까요. 방 안에서 혼자 넘어졌을 때는 아플지언정 부끄러움을 느끼지 않지만, 사람들이 많은 곳에서 넘어지면 부끄러움 때문에 아픔을 미처 느끼지도 못하지요. 이처럼 부끄러움은 다른 사람들이 바라볼 나를 의식하기 때문에 생기는 감정이랍니다.

소설 속 '나'도 처음에는 부끄러움을 몰랐던 어린아이였어요. 하지만 이발사 아저씨에게 대들고 나서 자신을 바라보는 중국인 남자의 시선을 의식합니다. 소설에서는 '슬픔'으로 표현되지만, 그것은 부끄러움이 아니었을까요? 그렇다면 낯선 남자가 바라보는 자신의 모습이 촌스러운 됫박 머리를 하고 있는 되바라진 아이일 것이라는 사실을 처음으로 인식한 셈이지요.

'나'가 매기 언니네서 몰래 술을 마셨을 때, 미군의 장난에 죽은 고양이를 나뭇가지에 매달고 걸어가던 때 마주친 시선도 같은 맥락입니다. 뭐가 잘못된 건지 뚜렷이 의식하고 있지는 않지만, '나'는 중국인 남자의 시선을 의식하는 순간 자신이 한 행동과 자신의 모습을 되돌아볼 수밖에 없었을 거예요. 그냥 별 생각 없이 해왔던 행동들을 객관적으로 바라보게 되는 순간이지요.

이층집 창문에서 '나'를 바라보던 사람은 중국인 남자일 수도, 다른 누구일 수도 있어요. 그리고 '나'를 바라본 것일 수도 있고 아닐 수도 있지요. 아무 의미 없는 눈맞춤이었을 수도 있고요. 중국인 남자가 준 선물도 별 의미가 없는 것일 수도 있어요. 그저 명절에 이웃끼리 서로 나누는 것일지도 모르니까요.

그 중국인 남자가 누구이며, 왜 '나'를 바라보는가 하는 것은 별로 중요하지 않아요. 중요한 것은 '나'가 가족도 아니고 친구도 아닌 낯선 누군가의 시선을 의식하고 자신을 객관적으로 바라보기 시작했다는 사실이지요. 그리고 낯선 사람의 시선을 통해 가족도 친구도 아닌 새로운 사람에 대한 호기심을 키우기 시작했다는 것입니다.

행복한 여성은 없나요?

이 소설에는 유난히 여성들의 모습이 뚜렷이 부각돼요. 어머니와 할머니를 비롯해서 매기 언니와 치옥이. '나'의 유년 시절 기억 속에 그녀들은 어떤 모습으로 자리하고 있을까요?

어머니

어머니는 전형적인 가정주부예요. 그런데 누구보다 억척스럽긴 하지요. 아버지가 취직을 못하고 있을 때 어머니가 담배 장사로 생계를 꾸렸으니까요. 담배는 이윤이 많이 나는 물건이라서 나라에서만 만들어 팔 수 있었고 개인이 만들 수는 없었어요. 그러나 어머니는 집에서 담뱃잎을 차곡차곡 쌓아서 입으로 물을 뿜어가며 몰래 담배를 만들었지요. 그리고 그것을 지고 나가서 이틀이나 사흘 동안 팔러 다녔답니다. 단속을 피해가며 초주검이 될 때까지 집에도 들어오지 못하고 장사를 했어요.

어머니는 여덟 명의 아이를 낳았어요. 그렇게 힘들게 입덧을 하면서도 왜 그렇게 아이를 많이 낳은 건지 모르겠어요. 그때는 피임이라는 개념이 없던 때라 생기는 대로 낳을 수밖에 없었겠지만, 어쩌면 전쟁과 월남이라는 특수한 상황이 자식에 대한 집착을 만든 것은 아닐까 싶기도 해요. 월남민으로서 새로운 곳에 정착하려면 가족이 번성해야 한다고 생각했을 수도 있다는 말이지요.
우리를 돌봐주시던 할머니가 중풍으로 쓰러졌을 때, 어머니는 할머니를 시골에 계신 할아버지에게 떠맡겼어요. 그때는 좀 야박하기도 하고 속상했지만, 돌이켜 보면 가난하고 여유가 없던 때라 그렇게밖에 할 수 없었을 것 같아요. 2년 뒤 할머니가 돌아가셨는데, 그때 어머니는 할머니가 쓰던 반닫이를 어루만지며 우셨어요. 그걸 보고 할머니에 대한 애정이 없어서가 아니었다는 것을 알았지요.

할머니

할머니는 깔끔하고 차가운 성품을 지녔어요. 매기 언니를 망종이라고 부르고, 제니를 혐오했지요. 할머니는 가정이 있다고도 없다고도 하기 힘들어요. 결혼한 지 석 달 만에 할아버지가 할머니의 여동생을 맞아들이자 스스로 집을 나왔는데, 실제로는 할아버지에게 버림받은 것이나 다름없지요. 여성으로서 자식을 낳아보지 못한 것은 할머니의 잘못이 아니지만, 그래서 성품이 유난히 차갑다고들 했어요. 멀지 않은 친척인 어머니에게 의탁하여 살면서 평생 우리 가족을 위해 애썼지만 자신의 가족은 갖지 못했지요. 병에 걸리자 바로 할아버지에게 보내진 것만 보아도 알 수 있어요. 하지만 의식이 없으면서도 할아버지의 손을 가져다 자신의 가슴에 대었다고 하니, 할머니는 사실 가정을 무척이나 갖고 싶어 하셨던 것 같네요.
나는 제니를 보는 할머니의 눈초리가 무서웠어요. 그래서 할머니가 고양이에게 주문을 걸어 제 새끼를 잡아먹게 했다고도 생각했지요. 하지만 할머니가 할아버지 집으로 떠나고 나서는 할머니가 무척이나 그리웠답니다.

매기 언니

매기 언니를 처음 봤을 때, 염색한 머리털을 너울대며 허벅지까지 맨살을 드러낸 채 겨우 군복 윗도리만을 어깨에 걸친 모습이었어요. 매기 언니는 미군과 함께 살고 있는 소위 '양갈보'였지요. 할머니는 그런 매기 언니를 망종이라 불렀지만, 나는 매기 언니에게 호기심을 느꼈어요. 매기 언니와 함께 사는 미군은 내가 매기 언니의 방에 오는 것을 싫어

했지만, 나는 매일 아침마다 언니의 방을 엿봤어요. 그리고 언니가 없는 틈을 타서 언니 방에서 놀았지요. 매기 언니의 방에는 신기한 것도 많고 엄청 화려했거든요.
그런데 매기 언니는 축복받지 못한 인생인 것 같아요. 언니의 혼혈 아이인 제니는 장애가 있고, 한때 미군과 국제결혼을 기대하며 행복한 시간을 보냈지만 자신에게 행복을 주리라고 기대했던 미군에게 살해당하고 말았으니까요. 결국 매기 언니는 스스로 자신의 행복을 꾸려나갈 수 없는 약자였고, 자신이 의지했던 남자에게 목숨을 잃게 되었으니 가장 불쌍한 사람인 것 같아요.

치옥이

치옥이는 가정으로부터 버림받은 아이예요. 치옥이는 의붓자식인 데다 부모에게 매까지 맞았지요. 그리고 아버지가 피댓줄에 감겨 다리가 잘린 후에는 결국 부모로부터 버림받았어요. 하지만 치옥이는 자신의 운명을 거스르려는 의지가 있었어요. 미용사가 되고 싶다거나 양갈보가 되고 싶다고 말한 것은 모두 삶에 대한 희망을 가지고 있었기 때문이니까요. 하지만 미용실 유리문을 통해 치옥이가 "자꾸 기어올라가는 작은 스웨터를 끌어당겨 맨살이 드러나는 허리를 가리며 미장원 바닥에 떨어진 머리칼을 쓸고 있"는 모습을 보고 나서 치옥이의 삶이 그다지 희망적이지 않을 거라는 생각이 들었어요. 양갈보가 되겠다고 했던 말이 실제로 실현될 수도 있겠다는 예감이 들었거든요.

아버지들은 다 그런가요?

이 소설에는 여러 명의 '아버지'가 나와요. 하지만 여성 인물들에 비해 비중도 적고, 대체로 부정적으로 그려지지요. '나'의 눈에 포착된 '아버지'들의 모습을 살펴볼까요.

'나'의 아버지

중국인 거리로 이사 오기 전, 어머니가 담배 장사로 생계를 꾸렸어요. 자식이 다섯 명이나 있었는데 말이지요. 그때 아버지가 직업이 없으셨거든요. 그러다 아버지가 구직 운동 끝에 석유 소매업소 소장 자리를 얻게 되어 도시로 이사를 하게 되었답니다.

아버지는 이사 온 집에 있던 손바닥만 한 마당을 없애고 거기다 방을 들이고 마루를 깔았어요. 그러다 보니 집 안에 개미굴같이 복잡하게 얽힌 통로와 공간들이 만들어졌지요. 그 때문에 내가 숨어들 만한 공간은 생겼지만, 아버지는 전쟁 후 혼란한 상황 속에서 가족들에게 든든한 울타리가 되어주지는 못했던 것 같아요. 공설 운동장에서 집

회를 할 때 한 집에 한 명씩 나가야 하는데, 우리 집에서는 할머니가 참석하셨거든요. 아버지가 나가셨어야 하는데 말이지요. 그날 할머니는 집회에서 돌아와 밤새 끙끙 앓으셨답니다.

아버지는 할머니가 중풍으로 쓰러져 자리에 눕게 되자 할머니를 할아버지한테 모셔다 드리고 와서 못할 짓을 한 것 같다며 속마음을 말한 적이 있어요. 그러나 그때도 아버지는 할머니의 가슴 아픈 사연을 그냥 전달해주기만 했을 뿐 적극적으로 아버지의 생각을 드러내지는 않았던 것 같아요.

치옥이 아버지

치옥이는 의붓어머니에게 맞고 살았어요. 그런데 치옥이 아버지는 먹고 사는 게 힘들어서인지 딸의 외로움과 아픔을 보듬어주지 않았지요. 관심과 애정이 없는 것을 넘어, 제분 공장에서 다리를 다치고 나서는 치옥이를 아예 미용실에 맡겨버렸어요. 치옥이는 아마 아버지에게 버림받은 느낌이 들었을 거예요. 한편으로는 치옥이 아버지가 생계를 책임질 수 없는 형편이라 어쩔 수 없이 그랬을 거라는 생각도 들어요. 그래도 아버지로서 자식을 건사해야 할 최소한의 책임을 저버린 것은 분명합니다.

할아버지

할아버지는 결혼한 지 얼마 되지 않아 할머니를 버렸어요. 할머니의 여동생과 눈이 맞았기 때문이지요. 그 일로 할머니는 남편과 여동생에게 큰 상처를 입고, 가족을 버리고 집을 나와 먼 친척인 우리 어머니를 딸 삼아 평생 사셨답니다. 그러다 중풍에 걸려 다시 남편 곁으로 보내졌는데, 얼마 지나지 않아 돌아가셨어요. 할아버지는 작은할머니랑 평생 행복하게 사셨는지 모르겠지만, 할머니는 평생 상처를 지닌 채 외로운 삶을 사셨지요. 결국 할아버지의 욕심과 무책임이 한 여인의 삶을 망쳐놓은 것 같아요.

제니 아버지

제니는 매기 언니의 딸이에요. 아버지가 누구인지는 잘 모르지만, 어떤 백인이라고 들었어요. 그러니 그 백인은 가족으로서의 아버지가 아니라 그냥 생물학적인 아버지일 뿐이지요. 제니는 보통 아이들과 좀 달랐어요. 다섯 살인데도 말을 못했지요. 보통 아이들처럼 부모의 사랑을 받고 자란 것이 아니어서 그랬을지도 모르겠네요. 당시 매기 언니와 동거하던 흑인 미군이 제니의 아버지가 될 수도 있었지만, 그 미군은 매기 언

니를 죽이고 말았어요. 그 때문에 제니는 하나뿐인 가족을 잃고 고아원에 보내졌지요. 우리 땅에서 영어식 이름을 지니고 태어날 수밖에 없었던 제니는, 전쟁 직후 혼란한 시대상이 낳은 비극적 상징 같은 존재인지도 모르겠네요.

작가는 의식하지도 못하고 겪었던 어린 시절의 전쟁에 대한 기억을 바탕으로 〈중국인 거리〉를 썼다고 해요. 실제로 오정희 작가의 아버지는 피난길에서 징집되었다가 돌아왔고, 이후 석유회사 인천출장소 소장으로 취직되었습니다.

작가가 전쟁 중에 겪은 아버지의 부재 경험은 '나'의 가족과 치옥이, 할머니, 제니의 이야기에도 스며들어 있어요. 이 소설 속 아버지들은 주도적으로 삶을 이끌어가기보다는 사연 많고 억척스러운 여성 인물들을 지키지 못해 문제 상황을 만드는 인물로 그려집니다.

그리하여 '나'의 가족과 치옥이, 할머니, 제니가 정서적으로 외로움과 불안을 경험하게 되고, 가난과 결핍을 겪으며 살아가게 되지요. 소설 속 아버지들의 모습은 기존의 가부장적 사회에서 엄격하지만 권위 있고 적극적으로 가족을 책임지는 아버지의 이미지와 거리가 멉니다.

반대로 소설 속 '나'는 치열하게 살아온 어머니와 할머니, 치옥이, 매기 언니의 삶을 더 자세히 들여다보고 서술하고 있어요. 이는 이들의 삶이 긍정적이든 부정적이든 같은 여성으로서 '나' 자신의 삶과 더 맞닿아 있다고 생각했기 때문이 아닐까 싶어요.

'죽음'이 왜 이렇게 많이 나오나요?

이 소설에는 '죽음'의 이미지가 참 많이 등장해요. 그런데 그 '죽음'을 대하는 '나'의 태도가 조금씩 변해갑니다.

소들의 죽음

가장 먼저 등장하는 것은 소의 죽음이에요. '나'의 가족이 인천으로 이사를 올 때 이삿짐 트럭이 오랫동안 오지 않았는데, 그 이유는 도살장에 소들을 내려놓고 차 바닥의 오물을 닦아내고 왔기 때문이었지요. '나'는 도살장에 내려진 그 소들이 어떻게 되었을지 궁금해해요. 그러나 그 생각은 그냥 스쳐 지나가지요. '나' 말고는 소의 죽음에 잠깐이나마 관심을 가지는 사람이 아무도 없었으니까요.

고양이의 죽음

그 다음은 고양이의 죽음이에요. 이 소설에는 고양이의 죽음이 두 번 나와요. 한 번은 새끼 고양이를 낳은 어미 고양이가 새끼 일곱 마리를 먹어버린 일입니다. 이 일은 '나'에게 충격과 무서움으로 기억되지요. 그리고 두 번째는 미군이 던진 칼에 고양이가 맞아 죽은 일이에요. 아이들은 그 고양이를 나뭇가지에 매달고 다니다 바다에 떨어뜨리지요. 그러고 나서 '나'는 성당의 종소리를 듣고 수녀의 죽음을 떠올립니다.

이후 '나'는 고양이의 죽음을 쉽게 잊지 못해요. "물결에 떠밀려 방죽에 부딪는 더러운 쓰레기와 썩은 생선들 사이에도, 닻 없이 떠 있는 폐선의 밑창에도 고양이는 없었다"며, 어느 먼 항구에서 끌어올려질지도 모른다고 생각하지요. 이때 '나'의 나이는 열한 살이었습니다.

매기 언니의 죽음

'나'가 열 살이던 가을 어느 날, '나'는 치옥이네에 세 들어 살던 매기 언니의 죽음을 목격해요. 소설에서는 '나'가 턱을 달달 떨었다는 것 외에 어떤 감정도 드러나지 않습니다. 다만 그날 이후 매기 언니의 딸인 제니가 성당 고아원에 가게 되었다는 것, 그리고 '나'는 치옥이네 집 안으로 들어가지 않았다는 내용만이 이어지지요.

매기 언니에게 흑인 미군은 언니를 미국으로 데려다줄 희망이었을 거예요. 언니의 방에서 엿본 미제 물건들은 하나같이 신기하고 아름다워 동경의 대상이었지요. 그런데 매기 언니는 미군의 손에 비참하게 죽임을 당해요. 매기 언니의 죽음은 '나'가 동경했던 세상의 죽음과도 같았을 겁니다.

할머니의 죽음

'나'는 중풍으로 쓰러져 남편에게로 보내졌던 할머니의 부음을 듣고, 할머니가 소중히 여겼던 물건들을 묻어둔 곳으로 가서 두 계절 만에 그 물건들을 꺼내 들어요. 온기와 차가움을 느껴보고는 다시 묻지요. 그것이 '나'에게는 나름의 방법으로 할머니를 기억하고 추모하는 방법이었을 거예요. 그러고는 장군의 동상에 힘들게 기어올라가 시가지와 바다와 중국인 거리와 이층집 창문의 창백한 얼굴과 마주하고, "인생이란……"이라고 중얼거립니다.

이때 열두 살의 '나'는 할머니의 부음을 듣고도 울지 않아요. 어린 나이에 이미 인생에서 죽음은 피할 수 없는 것임을 알고 있는 것 같습니다.

어머니의 산고

소설 마지막 부분에 나오는 어머니의 출산 장면도 죽음과 관련돼요. 어린아이들은 어머니의 고통에 민감하게 반응하지요. 자신의 생명줄인 어머니가 고통이나 죽음으로 자신을 돌보지 못하게 된다는 것은 자신의 삶과도 직결되는 문제이기 때문일 것입니다.

어머니가 출산의 고통으로 내지르는 비명 소리를 듣는 것은 겨우 열세 살인 '나'에게 무서운 일일 거예요. 그리고 혹시 어머니가 죽는 것은 아닐까 하는 두려움이 생길 수도 있겠지요. 그런데 '나'는 걱정이 되었다든가 두려웠다는 말 대신 깜깜한 벽장 속에서 "죽음과도 같은 낮잠에 빠져들어갔다"고 표현합니다.

'나'는 계속되는 죽음을 목격하면서 삶과 죽음이 결국 하나로 이어져 있음을 이해한 듯해요. 어머니가 출산의 과정에서 죽을지도 모르지만, 그것이 무척이나 두렵지만, 그래서 벽장 속에 숨을 수밖에 없지만, 그것은 또한 한 생명이 탄생되는 순간이며, 다른 동생들을 낳았듯 또 그렇게 아이를 낳고 있을 뿐이라는 것을 알고 있기에 낮잠에 빠져들 수 있을 테니까요.

그리고 주인공은 초조가 시작되었음을 깨닫고, 어머니가 자신과 같은 여자임을 자각하며 절망감과 막막함을 느낍니다.

이 소설의 주인공은 삶의 곳곳에서 등장하는 죽음과 직간접적으로 마주쳐요. 소의 죽음을 시작으로 고양이 새끼의 죽음, 고양이의 죽음, 수녀의 죽음, 매기 언니의 죽음, 함께 살았던 할머니의 죽음을 만나지요.

전쟁 직후라는 배경 속에서 아이들은 삶과 죽음의 거리가 멀리 있지 않음을 알 수밖에 없었을 거예요. '나'는 우리 곁에 늘 죽음이 도사리고 있는 것이 바로 인생이라는 것을 깨닫지요. 죽음의 끝에 삶이, 삶의 끝에 죽음이 놓여 있음을 이해하면서 아이는 어른으로 성장하게 됩니다. 그렇게 보면 이 소설은 결국 죽음을 통해 아이가 인생의 비밀을 알아가는 과정으로 읽을 수도 있을 것 같네요.

'나'는 초조를 어떻게 받아들이나요?

내가 낮잠에서 깨어났을 때 어머니는 지독한 난산이었지만 여덟 번째 아이를 밀어내었다. 어두운 벽장 속에서 나는 이해할 수 없는 절망감과 막막함으로 어머니를 불렀다. 그리고 옷 속에 손을 넣어 거미줄처럼 온몸을 끈끈하게 죄고 있는 후덥덥한 열기를, 그 열기의 정체를 찾아내었다.

초조(初潮)였다.

'초조'가 뭘까요? 좀 생소하게 들리지만, 보통 초경이라고 하는 첫 생리를 말합니다. 사춘기 소녀가 생리를 시작한다는 것은 매우 중요한 의미이지요. 소녀가 여성으로 성장하여 이제 어머니가 될 수 있다는 뜻이니까요. 그래서 첫 생리를 어떻게 받아들이느냐 하는 것은 '여성의 정체성을 어떻게 받아들이는가'와 관계가 있을 수밖에 없답니다.

한 연구에 따르면, 우리나라 여학생들은 첫 생리를 하게 되면 대체로 부정적인 느낌을 갖는다고 해요. 흥분되고 자랑스러웠다는 느낌을 가지는 비율은 10퍼센트 정도에 불과하다고 하네요. 그래도 어머니가 애정을 가지고 성취를 독려하며 자율성을 주고 합리적으로 자녀를 대하면 생리를 더 긍정적으로 받아들인다고 합니다. 어머니를 좋아하고 어머니가 되는 것을 멋진 일로 기대한다면 생리가 시작되는 것이 기쁜 일이 되겠지요.

'나'는 어머니가 되는 것을 어떻게 생각하고 있을까요? '나'는 치옥이가 제니의 머리를 빗기고 옷을 갈아입히며 제니를 살아 있는 인형처럼 돌보는 것을 부러워해요. 그런 모습을 보면 어머니가 되고 싶어 하는 것 같기도 합니다. 하지만 '나'에게 임신이란 어머니가 수채에 쭈그리고 앉아 비통하고 처절하게 구역질을 하는 장면으로 기억됩니다. 그래서 여자의 삶을 동물적인 것으로 동정하고, 또 아이를 낳게 된다면 어머니가 죽을 것이라고 생각하지요. 출산이란 "여자의 두 다리 짬에서 비명을 지르며" 아기가 나오는 것이라는 사실은 누구나 다 알고 있다고 말하기도 합니다.

실제로 '나'는 행복한 여성을 본 적이 없어요. 그러니 '나'는 여성으로서 성장하는 것을 고통으로 인식하지요. '나'의 언니가 막 생기기 시작한 젖망울 때문에 아파하는 것처럼요.

'나'가 초조를 하는 풍경을 볼까요. '나'는 한 점의 빛도 들어오지 않는 벽장 속에서 어머니의 비명 소리와 죽음을 알리는 듯한 종소리를 들어요. 죽음과도 같은 낮잠에 빠져들었다 깨어나면서 초조를 알아차립니다. 초조란 어머니의 고통을 물려받는 일이고, 그것이 죽음과도 같은 과정임을 암시하는 듯해요. 그리고 '나'는 어두운 벽장 속에서 이해할 수 없는 절망감과 막막함을 느끼며, 초조를 거미줄처럼 온몸을 끈끈하게 죄고 있는 후덥덥한 열기로 인식합니다. 여성이 된다는 것을 자신을 옭아매게 될 제약으로 받아들이는 듯합니다.

3

작가는 왜?

서술자인 '나'는 아이인가요, 어른인가요?

성장하는 어린 '나'

성장소설은 유년기에서 소년기를 거쳐 성인의 세계로 들어가는 인물이 겪는 내면적 갈등과 정신적 성장, 자신을 둘러싼 세계에 대한 깨달음의 과정을 보여주는 작품을 말합니다. 〈중국인 거리〉 역시 넓은 의미에서 주인공 '나'가 변화하는 과정을 보여주는 성장소설이라 할 수 있습니다.

〈중국인 거리〉는 소설 속 인물인 '나'가 아홉 살에서 열세 살까지 자신의 어린 시절을 직접 서술합니다. 전쟁 후 혼란스러운 상황에서 '나'는 가정에서 보호받지 못하고 있습니다. '나'는 전쟁으로 폐허가 된 도시에서 많은 죽음을 지켜보고, 오빠와 함께 부두며 공원 등을 끊임없이 돌아다닙니다. 또 치옥이와 매기 언니의 삶을 통해 세상의 어둡고 차가운 면을 발견하기도 합니다.

한편 '나'는 골방이나 벽장에 숨어 자신만의 세계와 마주하기도 합니다. 이웃집 중국인 남자의 모호한 시선을 느낄 때도, 그가 준 선물을 받아 왔을 때도 '나'는 알 수 없는 자신의 감정을 곰곰 헤아려봅니다. 소설은 '나'가 절망감과 막막함이 가득한 채, 벽장 안에서 초경을 시작하며 어른의 세계에 첫 발을 디디는 것으로 끝이 납니다.

〈중국인 거리〉에서 '나'는 유년의 기억을 보여주고, 타인과 만나고 헤어지며 변화하는 세밀한 내면을 서술합니다. 이런 점에서 〈중국인 거리〉의 서술자는 어린 '나'가 맞습니다.

아이와 어른, 두 가지 시점의 중복

그런데 어린 '나'는 때로 마치 어른인 것처럼 내면을 서술하기도 합니다. 다음을 읽어보세요.

> 나는 따스한 피 속에서 돋아 오르는 순(筍)을 참을 수 없는 근지러움으로 감지했다.
>
> 인생이란…….
>
> 나는 중얼거렸다. 그러나 뒤를 이을 어떤 적절한 말도 떠오르지 않았다. 알 수 없는, 복잡하고 분명치 않는 색채로 뒤범벅된 혼란에 가득 찬 어제와 오늘과 수없이 다가올 내일들을 뭉뚱그릴 한마디의 말을 찾을 수 있을까.

공원에서 중국인 거리를 바라보는 '나'의 독백입니다. 그런데 어린아이가 한 말이라고 하기엔 상당히 어렵고 심오한 내용이지요? 소설 곳곳에 이처럼 어린아이답지 않은 시선이 드러나는 까닭은 무엇일까요?

이는 서술자의 목소리에 어린아이인 '나'와 어른이 된 '나', 이렇게 두 가지 시점이 중복되고 있기 때문으로 볼 수 있습니다. 표면적으로는 1인칭 주인공 '나'를 내세워 유년 시절을 보여주지만, 그 이면에는 어른이 된 '나'의 감정과 생각이 서술의 기준이 되기 때문이지요.

어둠이 완전히 걷히자 밤의 섬세한 발 틈으로 세류(細流)가 되어 흐르던 냄새는 억지로 참았던 긴 숨처럼 거리 곳곳에서 피어오르기 시작했다.

아, 그제야 나는 그 냄새의 정체를 알 수 있었다. 그것을 알아채는 순간 그때까지 나를 사로잡고 있던 낯선 감정은 대번에 지워지고 거리는 친숙하고 구체적으로 내게 다가왔다. 그것은 나른한 행복감이었고 전날 떠나온 피난지의 마을에 깔먹여진 색채였으며 유년(幼年)의 기억이었다.

위 글은 '나'가 중국인 거리에 이사 온 날의 감정을 묘사한 부분입니다. 낯선 중국인 거리가 낯설지 않은 것은 해인초 냄새 때문임을 알게 되는 부분이지요. 그런데 어린 '나'가 자신의 감정을 이야기하는 장면인데도, 그 내용은 어른이 자신의 유년 시절을 회상하며 말하는 것처럼 보입니다. 이렇게 어린 '나'와 어른이 된 '나'의 시점이 중복되어, 〈중국인 거리〉의 유년 시절은 지나가버린 과거가 아니라 어른이 된 '나'가 살고 있는 현재처럼 보이기도 합니다.

아이의 기억과 분리되지 못한 어른

〈중국인 거리〉의 '나'는 어린아이의 입을 통해 어른의 목소리를 내고 있습니다. 그러나 어른이 된 '나'의 구체적 모습은 설명하지 않기 때문에, '나'는 어른이 되었는데도 어린 시절을 계속 살고 있는 듯합니다.

이 소설의 '유년의 기억'들은 전쟁과 연관됩니다. 또한 혼자서 감당해야 했던 성장의 기억들이며, 이해할 수 없는 어른들에 대한 기억이며, 삶과 죽음의 경계가 흐릿한 불안과 공포의 기억들입니다. 이런 기억은 어른이 되어도 여전히 '나'가 이해할 수 없는 일들이므로, 유년의 기억 때문에 '나'는 어른이 되어서도 여전히 불안하지 않을까요? 아무리 어른이 되었다 해도 '전쟁'과 '죽음'을 이성적이고 합리적으로 이해할 수 있는 사람은 없을 것입니다. 어른이 된 '나'의 현재 삶을 구체적으로 보여주지 않는 것은 아마 '나'가 어른이 된 후에도 어린 시절의 불안과 모호한 기억들을 계속 생각하기 때문이 아닐까요?

어른이 된 서술자 '나'는 유년을 기억함으로써 과거의 상처로부터 자유로워지고자 했을지도 모릅니다. 그러나 그 시도가 완전히 성공한 것 같지는 않습니다. '나'가 기억을 통해 충분히 슬퍼하고 이해해서 과거의 감정으로부터 자유로워졌다면 소설의 이야기들은 객관화되어 차분하게 정리되었을 것입니다.

더 생각해본다면, 어린 '나'와 어른이 된 '나'의 시선을 중복시켜 기억들을 모호하게 서술했던 것은 불안하고 외롭던 '나'의 마음을 효과적으로 드러내기 위한 장치일 수도 있겠습니다.

이야기 순서가 어떻게 되나요?

〈중국인 거리〉는 이야기가 시간 순서대로 전개되지 않아요. 과거를 회상하는 장면이 자주 끼어들다 보니 언제 일어난 사건인지, 뭐가 먼저 있었던 일인지 헷갈리기도 하지요. 그렇다면 시간에 초점을 맞추어 이야기를 나누어볼까요.

	주요 사건	시간을 알 수 있는 단서	시간	실제 순서
1	• 중국인 거리에서 석탄가루를 훔쳐 간이음식점에서 음식을 시켜 먹음. • 할머니가 탄가루 때문에 혀를 참. • 담임선생님이 중국인 거리에 사는 학생들을 씻김.	• 노루 꼬리만큼 짧다는 겨울 해 • 겨울 방학이 끝나면	2학년 겨울	②
2	• 치옥이와 이야기하며 집으로 돌아옴.	• 봄이 되자 나는 3학년이 되었다.	3학년 봄	④
3	• 소를 태웠던 트럭을 타고 이동함. • 우리가 살게 될 동네에 도착하여 동네를 둘러봄. • 해인초 냄새를 맡으며 거리를 친숙하게 느끼고, 중국인 남자를 처음 봄.	• 우리 가족이~지난해 봄이었다. • 아홉 살배기 버짐투성이 계집애인 나는	2학년 봄	①

4	• 중국인 거리에서 고기를 삼.	• 어머니는 일곱 번째 아이를 배고 있어	3학년	⑤
5	• 치옥이의 권유로 매기 언니의 방에서 술을 마심. • 중국인 남자를 의식함.		3학년	⑥
6	• 이발소에서 중국인 남자의 시선을 느낌.	• 지난가을에도~	2학년 가을	③
7	• 치옥이가 제니를 돌보고 치옥이에게 엄마가 계모라고 말함.	• 어머니는 일곱 번째 아이를 배고 있었다.	3학년	⑦
8	• 미군이 칼을 던져 고양이를 죽임. • 고양이를 바다에 떨어뜨리고 공원에 올라 성당의 종소리를 들음. • 사람들이 체코와 폴란드 물러가라고 외침. • 엄마는 구역질을 하고(일곱 번째인 듯함), 언니는 가슴을 싸쥐고, 나는 고양이를 생각함.	• 여름의 긴긴 해는 한없이 긴 고양이의 허리를 자르며 비껴 기울고 있었다.	4학년 여름	⑧
9	• 매기 언니가 죽고, 제니는 고아원으로 감.	• 가을로 접어들어도 빈대의 극성은~	4학년 가을	⑨
10	• 어머니의 배가 조심스럽게 불러감(여덟 번째 아이). • 할머니가 쓰러지자 할아버지네 집으로 보냄. • 나는 할머니의 물건을 공원에 묻음.		5학년 여름	⑩

11	• 할머니가 돌아가심. 	• 겨울의 끝 무렵~ • 택시에 실려 떠난 지 두 계절 만이었다.	5학년 겨울	⑪
12	• 치옥이는 미장원에서 일하게 됨. • 중국인 남자에게 선물을 받음. • 어머니가 여덟 번째 아이를 낳음. • 나는 초조를 함.	• 다시 봄이 되고 나는 6학년이 되었다.	6학년 봄	⑫

어때요, 소설의 전개가 실제 사건이 일어난 순서와 좀 다르지요? 사건을 순서대로 기술하는 것을 평면적 구성, 사건의 순서를 바꾸어 보여주는 것을 입체적 구성이라고 하는데, 이 소설은 입체적 구성에 속합니다.

이렇게 사건의 순서를 재배치하게 되면, 독자의 입장에서는 흐름을 놓치지 않기 위해 긴장해야 하지요. 또 특별한 효과를 위한 작가의 의도도 숨어 있어요. 가장 먼저 일어난 일인 3을 치옥이와 거리를 걷다가 회상하는 장면으로 넣은 것이 이에 해당하지요. 시간 순서에 따르면 소설의 공간적 배경은 '시골 → 중국인 거리'인데, 이를 '중국인 거리 → 시골(회상) → 중국인 거리'로 설정한 거예요. 그럼으로써 작품 전체의 배경인 '중국인 거리'가 더 강조되는 효과가 있답니다.

왜 과거를 색깔로 기억할까요?

여러분은 어린 시절을 생각하면 무엇이 떠오르나요? 영화처럼 세세하게 기억날 수도 있지만, 어떤 일은 빛이 바랜 사진처럼 흐릿하게 남아 있기도 하지요? 기억은 뚜렷한 듯도 한데, 말로는 잘 설명되지 않는 것도 있고요. 또 구체적으로 기억은 나지 않지만 특정한 냄새나 소리나 색깔로만 남는 장면도 있을 겁니다. 그럼 이 소설의 서술자인 '나'는 어떨까요?

노란색 기억

삼거리의 미장원을 지날 때 치옥이가 노오란 목소리로 말했다.
회충약을 먹는 날이니 아침을 굶고 와야 한다는 선생의 지시대로 치옥이도 나도 빈속이었다.
공복감 때문일까, 산토닌을 먹었기 때문일까, 해인초 끓이는 냄새 때문일까. 햇빛도, 지나다니는 사람들의 얼굴도, 치마 밑으로 펄럭이며 기어드는 사나운 봄바람도 모두 노오랬다.

나는 잊힌 꿈속을 걸어가듯 노란빛의 혼미 속에 점차 빠져들며 나는 베란다로 통한 유리문의 커튼을 열었다. 노오란 햇빛이 다글다글 끓으며 들어와 먼지를 떠올렸고 방 안은 온실과도 같았다.

사람들은 이제 집을 훨씬 덜 지었으나 해인초 끓이는 냄새는 빠지지 않는 염색 물감처럼 공기를 노랗게 착색시키고 있었다. 햇빛이 노랗게 끓는 거리에, 자주 멈춰 서서 침을 뱉으며 나는 중얼거렸다.

나는 미장원 앞을 떠났다. 수천의 깃털이 날아오르듯 거리는 노란 햇빛으로 가득 차 있었다.

'나'는 세상을 온통 노랗다고 느껴요. 햇빛도, 지나가는 사람도, 치마 밑으로 펄럭이며 기어드는 사나운 바람도 모두 노랗습니다. 끓어오르는 해인초의 거품, 조개탄에서 피어오르는 연기, 해조와 섞이는 석회의 냄새도요.

'나'는 특히 해인초 냄새에서 노란색을 느끼고 이를 친근하게 여겨요. 치옥이는 해인초 냄새를 맡으면 골치가 아파서 머리털 뿌리까지 뽑히는 것 같다고 말하는 데 반해, '나'는 늑장을 부리며 천천히 해인초의 노란빛 냄새를 들이마시는군요.

공간, 사람, 사건을 이어주는 노란색

노란색은 이 소설 구석구석에서 공간과 사람과 사건을 잇는 구실을 하고 있어요.

시골에서 도시로 이사 와서 낯선 감정을 느낄 때, 해인초 냄새로 상징되는 노란빛과 나른한 혼미는 낯선 거리를 친숙하게 만들어주지요. 떠나온 피난지 마을에도 그런 색채가 깔먹여져 있었거든요. 이렇게 '나'는 노란색을 통해 떠나온 마을과 새로운 도시를 연결시킵니다. 그러고 보니 이사를 오던 그날도 '나'는 노랑색 인조견 저고리를 입고 있었네요.

중국인 남자와의 만남도 노란색을 매개로 해요. 치옥이와 매기 언니의 방에서 초록색 물을 먹고 나서 '나'는 나른히 맥이 풀려 유리창 커튼을 엽니다. 그리고 다글다글 끓고 있는 노란빛의 햇빛 속에서 이켠을 보고 있는 중국인 남자의 얼굴을 보게 되지요.

수천의 깃털이 날아오르듯 거리가 노란 햇빛으로 가득 차 있던 날, '나'는 중국인 남자(그의 얼굴도 누른빛입니다.)에게 선물을 받아요. '나'는 그 선물을 빈 항아리에 넣은 채 벽장으로 숨어들어 죽음과도 같은 낮잠을 자고 난 후 초조를 맞습니다.

회색과 푸른색

이 소설에서는 노란빛 말고도 여러 색깔이 나옵니다.

소설은 회색으로 시작하지요. 중국인 거리를 "북풍이 실어 나르는 탄가루로 그늘지고, 거무죽죽한 공기 속에 해는 낮달처럼 희미하게 걸려 있었다."라고 묘사해요. 그리고 소설은 한 점의 빛도 들지 않아 어두운 벽장 속에서 끝이 납니다.

푸른색도 나와요. '나'는 이사 올 때 머리를 시퍼렇게 면도했고, 새벽의 푸르스름한 어둠이 불길하게 몰려 있을 때 중국인 거리로 이사를 왔지요. 그리고 젊은 중국인 남자의 창백한 얼굴은 흰색과 푸르스름한 느낌을 동시에 줘요. 그리고 치옥이와 함께 매기 언니의 방에서 초록색 액체를 마시고 어른의 세계를 엿보기도 합니다.

색깔로 기억하는 이유

> 알 수 없는, 복잡하고 분명치 않은 색채로 뒤범벅된 혼란에 가득 찬 어제와 오늘과 수없이 다가올 내일을 뭉뚱그릴 한마디의 말을 찾을 수 있을까.

'나'에게는 의미화된 이떠한 말보다도 모호한 색깔이 더 강렬한 기억으로 남았던 것 같아요. '나'의 심란함, 허기짐, 어지러움, 혼란함을 한마디의 말로 정리할 수 없기 때문에 작가는 간접적으로 색깔 이미지를 사용했던 것입니다.

작가도 중국인 거리에서 살았었나요?

소설을 읽다 보면 철길 주변에서 놀고 있는 아이들, 중국인 거리를 채운 중국인들, 중국인 거리의 모습, 개미굴같이 복잡한 집, 공원에서 바라보는 시가지 풍경 등이 눈앞인 듯 그려지고, 당돌하고도 예민한 소녀가 성장해가는 모습이 선하게 떠오릅니다. 작가는 어떻게 중국인 거리에 사는 소녀의 생활을 이렇게 생생하게 써낼 수가 있었을까요?

이 소설은 작가의 유년 시절 삶과 많은 부분이 겹칩니다. 우선 작가의 부모님은 황해도 출신으로 해방을 전후하여 월남했고, 가난하게 살았습니다. 소설에서 어머니가 8명의 아이를 낳은 것으로 되어 있는데, 실제로도 8남매였습니다. 다만 소설에서는 '나'가 셋째로 설정되어 있는데, 오정희 작가는 4남 4녀 중 다섯째였습니다.

오정희 작가는 1947년생입니다. 서울에서 태어났지요. 작가가 네 살 때 한국전쟁이 일어났습니다. 어머니가 임신 중이라서 피난을 가지 못하고 공산 치하의 서울에서 석 달을 보냅니다. 그러다 1·4 후퇴 때에야 무작정 피난의 길을 떠나게 되었는데, 국군의 트럭을 얻어 타고 가다가 내린 곳이 충청남도 홍성군 홍주읍이었다고 하네요. 피난민으로 힘들게 살아야 하던 상황에 엎친 데 덮친 격으로 아버지까지 군대에 징집됩니다. 그래서 오정희는 늘 허기지고 불안정한 마음으로 생활해야 했습니다. 1954년에 홍주읍에서 홍주국민학교에 입학하여 다녔고, 일 년 뒤 군대에 징집되었던 아버지가 돌아옵니다. 작가의 유년 시절을 다룬 다른 소설인 〈유년의 뜰〉에 이 시절이 잘 묘사되어 있습니다.

군대에서 돌아온 아버지는 석유회사 인천출장소 소장으로 취직합니다. 그래서 5년 남짓한 홍주읍에서의 삶을 정리하고 인천시 중앙동으로 이사를 가는데, 그때 오정희는 신흥국민학교 2학년으로 전

학했지요. 새로 이사 간 집은 중국인 거리가 내다보이는 작은 일본식 집이었습니다. 집 근처 언덕 중국인 거리에는 양공주들이 많이 세 들어 살고 있었습니다. 양공주들의 이국적인 화려함과 아름다움은 어린 오정희에게 알 수 없이 비밀스럽고 야릇한 상상력을 발휘하게 했다고 합니다. 또한 근처에 자유공원이 있어 수업이 끝나면 자유공원에 자주 올랐대요. 작가에게는 이 시절이 어느 때보다 생생하고 강렬한 기억으로 남는 때라고 합니다.

어때요, 〈중국인 거리〉와 겹치는 부분을 꽤 찾아낼 수 있지요?

오정희는 "아무리 객관적인 시선을 유지하려 해도 작가 자신의 마음의 무늬가 회오리처럼 비춰지게 마련"이라면서 "소설이란 '만들기'보다 자신 속에서 '생겨나는 것'이기를 원하는 탓인지 내가 그동안 써온 소설들을 읽어보면 '나, 오정희'를 주어로 내세워 토론하는 어떤 글들보다 더 자신의 모습과 그 소설을 쓸 때의 심리와 상황, 나아가 살아온 자취가 어쩔 수 없이 확연히 보인다. …… 아무리 별개의 소재, 인물을 다룬다 하여도 그가 쓰는 소설은 어차피 자전적이 아닌가."라고 말한 바 있답니다.

그럼 그 뒤로 이 소녀는 어떻게 자랐냐고요? 중학교 시절부터 소설가의 꿈을 키웠고, 서울예전 문예창작과로 진학했습니다. 1968년에 작가로 등단하였고, 주로 여성 인물을 주인공으로 하고 여성의 입장에서 여성의 삶을 다루는 소설들을 썼습니다. 작품의 수가 많은 것은 아니지만 문체가 독특하고 작품성이 높아 주목받고 있습니다. 중국인 거리에서 살았던 '나'가 알 수 없는 불안감 속에서 힘들게 성장하는 것처럼, 오정희는 시대적으로 전쟁·가난 속에서 결핍과 소외감을 겪었고, 이는 평생 그녀의 소설에 반영되는 것 같습니다.

넓게 읽기

작품 밖 세상 들여다보기

시대

작가

작품

독자

작가 이야기
오정희의 생애와 작품 연보, 작가 더 알아보기

시대 이야기
1950년대 후반

엮어 읽기
어린 주인공이 겪는 전쟁 배경의 소설

다시 읽기
매기 언니를 죽인 미군은 어떤 벌을 받을까요?

작가 이야기

오정희의 생애와 작품 연보

1947(1월 9일) 서울 사직동에서 아버지 오성환과 어머니 고숙녀의 4남 4녀 중 다섯째로 태어남.

황해도 해주시에서 철공장을 운영했던 부모는 1947년 봄 월남하여 서울에 자리 잡았다.

1951(5세) 전쟁 중에 아버지는 제2국민병으로 징집되었고, 남은 가족은 충남 홍성군 홍주읍 오관리에서 피난살이를 시작함.

1955(9세) 피난살이를 마치고 인천으로 이주하여 신흥초등학교 2학년으로 전학함.

이때부터 일간신문의 연재소설과 대중 잡지를 읽기 시작했다. 중요한 성장기를 보낸 인천은 이후 오정희 문학의 고향과 같은 곳이며, 〈중국인 거리〉의 배경이 된다.

1956(10세) 초등학교 3학년 때 경기도 백일장에서 산문으로 특선을 하고, 소설가가 되겠다는 꿈을 가짐.

1959(13세) 이광수, 김동인, 박화성, 최정희, 황순원의 장편소설과 《사상계》, 《현대문학》에 실리는 단편소설 등 전후 작가들의 작품들을 접하게 됨.

1960(14세) 막냇동생이 교통사고로 죽음.

1963~65 (17~19세) 이화여고에 입학하여 문예반 활동을 열심히 함.

당시 친구들은 오정희를 '문학에 미친, 열정적인 아이'라고 회상한다. 이때 셰익스피어, 도스토예프스키, 키르케고르, 니체, 칸트 등을 접하게 된다.

1966(20세) 서라벌예술대학 문예창작과에 입학함.

1968(22세) 〈완구점 여인〉이 중앙일보 신춘문예에 당선됨.

1970(24세) 서라벌예술대학 문예창작과를 졸업함. 단편 〈산조〉를 발표함.

1971~73 (25~27세) 단편 〈봄날〉, 〈관제〉, 〈직녀〉, 〈번제〉 등을 발표함.

1974(28세) 김동리의 주례로 강원도 춘천 태생의 박용수와 결혼함.

1975(29세) 아동물 출판사인 계몽사에 입사함. 단편 〈목련초〉를 발표함.

1976(30세) 단편 〈안개의 둑〉, 〈적요〉, 〈미명〉, 〈야곱의 꿈〉 등을 발표함.

1977(31세) 단편 〈불의 강〉, 〈한낮의 꿈〉을 발표함.
첫 아이의 출산과 함께 첫 창작집 《불의 강》을 출간함.

1978(32세) 단편 〈동행〉을 발표함.
강원대학교 사회학과 전임 강사로 임용된 남편을 따라 춘천으로 이주함.
춘천은 오정희에게 제2의 고향이라고 할 수 있는 곳으로, 다수의 작품에 인용되고 있다.

1979(33세) 〈저녁의 게임〉, 〈중국인 거리〉, 〈비어 있는 들〉을 발표함.
〈저녁의 게임〉으로 제3회 이상문학상을 수상함.

1980(34세) 〈유년의 뜰〉, 〈겨울 뜸부기〉, 〈어둠의 집〉을 발표함.

1981(35세) 〈별사〉, 〈밤비〉, 〈야회〉, 〈인어〉 등을 발표함.
두 번째 창작집 《유년의 뜰》을 출간함.

1982(36세) 〈동경〉, 〈바람의 넋〉, 〈하지〉, 〈집〉 등을 발표함.

1983(37세) 〈지금은 고요할 때〉, 〈전갈〉, 〈불망비〉, 〈순례자의 노래〉 등을 발표함.

1984~86 (38~40세) 〈새벽별〉을 발표함.
뉴욕 주립대 교환 교수로 가게 된 남편을 따라 온 가족이 뉴욕주 올버니로 이주함. 2년간의 체류 기간 동안 전혀 글을 쓰지 못하고, 귀국 후 세 번째 창작집 《바람의 넋》을 출간함.

1986(40세) 〈불꽃놀이〉를 발표함.

1987(41세) 〈그림자 밟기〉, 〈분극(分極)〉을 발표함.

1989(43세) 〈파로호〉, 〈저 언덕〉을 발표함.

1990(44세) 소설 선집 《야회》를 출간함.

1993(47세) 장편 동화집 《송이야, 문을 열면 아침이란다》와 짧은 소설집 《술꾼의 아내》를 출간함.

《술꾼의 아내》의 주인공인 마흔다섯 살의 여성은 작가의 모습과 겹친다. 무탈한 일상에 안위하면서도 글쓰기에 대한 열망으로 가슴 아프던 시절의 작가의 모습이 주인공을 통해 드러난다. 여성 정체성의 문제, 소멸과 생성의 문제를 다루면서 초월적이고 생태적인 상상력으로 삶의 혼란과 허무를 넘어섰다고 평가받는다.

1995(49세) 〈구부러진 길 저쪽〉, 〈새〉를 발표함.
창작집 《불꽃놀이》와 《오정희 문학 앨범》을 출간함.

1999(53세) 〈얼굴〉을 발표함.

오정희 문학의 특징으로 꼽히는 죽음의 의미를 탐구하는 작품이다. 오정희는 이 작품 이후 본격 소설을 발표하지 않고 있다.

2011(65세) 어린이를 위한 동화집이나 민담집, 우화소설집 등을 출간하고 있음.

작가 더 알아보기

나의 소설, 나의 삶

〈중국인 거리〉는 화자가 '나'로 되어 있는 일인칭 소설로, 작품으로서의 형상화를 위한 작위적인 요소가 많이 들어 있으나, 밤새도록 트럭에 실려 달려와 이른 봄의 새벽 낯선 거리에 짐처럼 부려진 것, 할머니의 죽음, 양공주들의 이야기 등은 실제의 일로 인천 차이나타운에서 보낸 시절의 기억의 모음이다. 때문에 소설이라기보다는 전쟁, 휴전, 복구에 이르는 황폐한 시기를 의식치 못하고 겪은 나 자신의 성장의 기록이라고 할 수 있다. 휴전 후 국민학교 2학년이 되던 이른 봄, 우리 가족은 5년간에 걸친 피난살이를 끝내고 경기도 인천시로 이주했다. 제2국민병으로 피난길의 가두에서 징집되었던 아버지가 돌아오시고 석유회사 인천출장소의 소장으로 취직이 되었던 것이다. 이때 우리는 만국공원(지금은 자유공원으로 이름이 바뀌었다.) 밑의 조그만 일본식 집에 살았는데 바로 이웃 언덕배기가 지금은 차이나타운으로 불리는 중국인 동네였다.

선창으로 가려면 그 언덕배기를 지나야 했고, 당시 우리 눈에는 엄청나게 크고 비밀스럽던 중국인들의 집과 중국인들에 대해 우리는 온갖 비밀스럽고 환상적이고 괴기스러운 이야기들을 지어 퍼뜨리곤 했다. 국민학교 2학년 때부터 5학년까지 보낸 이때의 시간들, 도무

지 이상하고 괴이했던 중국인들, 화려하고 아름답던 양공주들, 그리고 공원으로 올라가는 끝없이 아득하던 계단들, 외로움과 불안 속에서 생에 눈뜨던 작은 아이의 내면의 무늬들이 '중국인 거리'인 셈이다. 이 시절은 조금쯤 어둡고 쓸쓸하나 그 이전과 이후 어느 때보다도 생생히, 강렬히 기억에 남아 있었다.

내 글읽기의 출발점은 국민학교 3학년 무렵부터의 신문 연재소설이다. 운명이나 남녀 간의 통속적인 사랑 감상 따위가 독서의 주조를 이루고 출발점이 되었다. 박화성, 정비석 선생들의 연재소설은 피난지 홍성에서 이사 오던 국민학교 2학년 무렵부터 읽기 시작했는데 석간신문이 올 시간이 되면 신열이 오르듯 몸이 달았다.

나는 눈에 띄지 않는 아이였다. 못생기고 침울하고 조숙한, 조금도 귀엽지 않은 아이였다. '언제든지 나가버리면 그만'이라는 고아 의식이 강했다. 형제가 많았지만 지독히 외로움을 탔다. 그 무렵의 나는 얼마나 사나웠던가. 시장에 콩나물이나 두부 따위를 사러 심부름을 가면 깜깜해지도록 돌아오지 않았다. 식구들 중 누가 찾으러 나와 끌고 들어갈 때까지 시장통에서 장사꾼과 싸움을 하느라고 돌아오지 않은 것이었다. 국민학교 3학년 가을에 '오늘 아침'이라는 제목의 산문으로 경기도 내 백일장에서 특선을 했는데, 시상식날 아침에도 머리를 깎으러 이발소에 갔다가 이발사와 싸움을 하느라 시상식에 참석을 못했다. 상을 받은 날 저녁 밥상머리에 자랑스레 내보이는 상장을 묵묵히 바라보시던 아버지는 몹시 불쾌한 낯을 지으시며 수저를 소리 나게 놓으셨다. 칭찬을 기대했던 나는 무안하고 수치스러워 조그맣게 얼어붙어 버렸다. 지금도 그 저녁의 모멸적인 수저 소리가 들린다. 그 이후 아버지는 돌아가실 때까지 나의 글쓰기에 대해 못마땅해 하시고 내내 대견찮아 하셨다. '문학을 하면 불행해진다'는 골수에 박힌 생각을 버리지 못하셨다. 당신 자신 한때 신문의 현상 공모에도 응모한 적이 있었던 문학청년 시절을 보내셨다지만, 함께 하숙을 하던 이북으로 넘어간 소설가의 생활을 보고 아버지의 표현대로라면 그 무절제하고 퇴폐적인 생활에 질리셨던 것이다. 반면에 감성적이고 문학소녀적인 기질의 어머니는 글을 잘 쓸 수 있는 것도 훌륭한 재능이라고 자랑스러워하시며 은근히 부추기셨다.

그 시절의 내 별명은 쌈패, 싸움닭이라고 여맹위원장이었다. 닥치는 대로 상내를 가리지 않고 달려들어 싸우면서 내 얼굴, 남의 얼굴에 손톱자국을 남기고 한 움큼씩 머리털을 뽑았다. 그 시절을 생각하면 지금도 얼굴을 돌리고 싶어진다. 체구도 아주 작고 힘도 세지 않았지만 칼날 같은 혀로 독설을 뿜어대며 죽기를 각오하고 덤벼드는 데야 당할 아이가 없었다. "저 애와 놀지 마라." 엄마들이 말했다. 분이 안 풀리면 그 애의 집에까지 뒤쫓아가 대문 안에 침을 퉤 뱉고 악다구니를 퍼붓곤 했다. 어머니는 부끄러워 낯을 들 수 없다고 했다. "커서 대체 뭐가 될라니." 이건 어머니의 탄식이고, 사람 잡아도 여럿 잡겠다는 건 다른 사람들의 말이었다. 가족들은 그토록 바보 같고 온순하고 있는지 없는지조차 모르게 거의 자폐적인 아이가 어느 날 갑자기 무섭게 사나워지고 조그만 일에도 사생결단하고 달려드는 포악한 아이로 변한 것에 의아해했다.

-《작가세계》 통권 제25호(1995년 5월)에서 발췌함.

시대 이야기 1950년대 후반

홍성대는 양키 시장

흔히 양키 물건은 미군인들이나 또는 미군 부대에 드나드는 한국인 종업원 등에 의해서 새나오고, 구호품 등에서 시장에 흘러나온다고 알려져 있으나, 이는 전혀 이 방면의 내막을 모르고 하는 이야기다. 물론 약간의 양키 물건은 호주머니 속에 감추어 빼내오는 소위 '얌생이'에 의해서 시장으로 나오는 것도 사실이지만, 그러나 우리가 하루하루 소비하고 있는 엄청난 수량의 양키 물품은 도저히 그러한 미미한 공급으로는 충당할 수 없는 것이다. 좀 더 규모가 크고 배짱이 센 '얌생이질'에 수많은 인원이 동원되며, 정기적으로 감행되고 있다. 첫째 단계가 미군 수송선에서 물품을 내릴 때 그 방면의 요로(영향력 있는 사람)와 사전 연락이 있은 후 교묘한 수단을 써서 감쪽같이 집채만 한 짐덩어리가 궤짝으로 송두리째 옆으로 흘러나온다. 때로는 조그만 발동선이 동원되고, 때로는 한 번 덤벙 바닷물 속에 가라앉았다가 다시 바깥세상에 나오게 된다. 다음 단계는 물론 창고에 들어가 있다가 수송에 착수하였을 기회인데, 이 중에는 정기적으로 트럭이 동원되어 당당하게 다른 군수품 수송대 속에 끼어서 빠져나오기도 한다. 다음 단계가 각 군 피엑스에서 새나오는 것인데, 여기서도 수량은 트럭에 실려 나올 정도이며, 일을 수행하기 위하여 문지기서부터 각급 요로와 깍쟁이 소년 부랑패로부터 양공주에 이르기까지 정연한 연락망과 동원 체계가 확립되어 있는 것이다. 마지막 단계가 개개인이 숨겨 나오는 사소한 물품이다.

현재 우리나라에서 전매청을 통하여 제조되는 궐련은 한 해 약 오백만 갑에 달하고 있는데, 정확한 집계를 낼 방법은 없으나 서울에서 양담배가 일반 시민에 의해서 연기로 화(化)하여지는 것이 하루에 평균 팔천 갑에 달한다고 한다. (중략) 거리에 궤짝을 놓고 팔고 있는 소매상, 가지고 다니며 파는 담배 장사들의 하루 매상은 오천 환 내외이며, 하루의 이익금은 그중에 오백 환 정도이다. 서울에서만 하루에 평균 팔천 갑의 양담배가 수요된다고 치면 일 년에 약 이십오만 갑의 양담배가 연기로 사라지고, 그 값은 요즈음 시세로 따져서 무려 삼천팔백만 환 정도가 된다. 이를 전국적으로 집계하면 실로 어마어마한 금액이 될 것이나, 이러한 통계는 집계 불능인 것이다. (1955)

물러가면 만사 해결일 텐데

중립국감시위원단의 철수를 주장하는 국민의 시위는 전국 방방곡곡에서 연일

당시 시위 모습(서울)

계속되고 있다. 전북 군산에서는 군중들이 중립국감시위원단 숙소 경계망 밖에서 철야 농성하여 징을 필두로 밤새도록 농악을 하는 바람에 감시위원단 대표들이 잠을 잘 수 없다고 비명을 올려, 해당 지역 경찰국장에게 잠을 자게 해 달라고 하소연을 하였다고 한다. 그런데 당국에서는 남이 징을 치던 농악을 하던 내 땅에서 하는 일인데 자기들이 무슨 시비냐고 일축, 그러지 말고 물리가면 만사 해결될 것이 아니냐고 일침을 놓았다. (1955)

둘은 흑인, 둘은 백인

서울 시내 용산구 이촌동 근처 한강가에서 생후 약 5일 가량으로 추측되는 흑인 및 백인 혼혈아 네쌍둥이가 유기된 것이 발견되었다. 경찰에서 조사한 결과, 버려진 혼혈아들은 같은 한 어머니가 낳은 네쌍둥이로 판명되었는데, 경찰 소속 의사가 감정한 바에 의하면 영아들은 이미 낳을 때부터 죽어 있던 것으로, 머리에는 모두 성병 유전의 징후가 있다고 한다. 기이한 것은 네쌍둥이로 판명된 영아들은 둘은 흑인이고 나머지 둘은 백인인데, 이는 의학상 동일한 모성에 의하여 태어날 수 있는 것이라고 한다. 이에 따라 경찰에서는 이 유기 사건을 근처 양공주의 소행으로 보고 유기범을 찾고 있다. (1956)

미군인의 만행과 정부의 책임

미국 현지 주둔군 병사의 연달은 한인 사살 사건과 기타의 폭행 사건에 대하여 우리 국민 일반의 분노는 이즈음 거의 폭발점에 달한 느낌이 없지 아니하다. 지난여름 이래 인천, 군산 등지에서 일부 미군 사병이 우리 동포를 사살한 사건이 발생했을 적에 우리는 생각하기를, 수많은 군인 가운데는 간혹 가다가 교양이 부족하여 군기를 문란하는 자도 있을 것이라 함은 어느 나라에 있어서

든지 있을 수 있는 일이므로 앞으로의 단속만 잘 해준다면 그러한 우발적 사건을 구태여 문제시할 것까지는 없다 하는 감정이었다.
그러나 그 후의 사태는 어떠하였던가. 신문들의 보도에 의하면, 지난 3일 경북 김천에서는 나이 어린 등교 중의 중학생을 미군인이 아무 이유 없이 사살한 사건이 발생하였고, 같은 날 밤에는 대구와 경기도 파주에서 또한 미군인에 의한 한국인 살상 사건이 일어났다고 보도되고 있지 않은가. 대구 사건은 술에 만취한 미군인 3명이 한인 두 명에게 단도를 찔러 부상을 입혔다고 하는 것이고, 파주 사건은 미군인의 엽총탄에 육십 노파가 우연히 맞아 죽었다는 것이다. 그러나 이 사건은 이에 그치지 않았다. 지난 5일 이른 새벽에는 동두천 지역 미군 부대에서, 보급 물자 감시 보초선을 침입했다는 이유로 한국 여자 한 명이 사살되고, 한 명은 부상당했다는 불행한 사건이 또 발생하였다고 신문은 보도하고 있는 것이다. (중략)
아무리 우방 간이라 할지라도 일방이 다른 나라 국민의 권리를 침해한 때에는 최소한 그에 대한 손해 배상, 기타의 피해 보전책과 앞으로의 사고 예방에 대한 적절한 보장을 요구하는 것은 국제법상의 떳떳한 행위요, 또 그와 같이 따질 것은 따지고 주고받을 것은 주고받는 것이 도리어 국제간의 우의를 오래 계속하는 방도가 될 것이다. 그러한 의미에서 우리는 외무부장관에게 비굴한 열등감을 하루바삐 청산하고 당당한 독립국가의 외무부장관으로서 자신 있는 외교를 단행해줄 것을 부탁한다. (1957)

맥아더 장군의 감사 메시지

인천 상륙 작전의 영웅 맥아더 장군의 동상 제막식이 오늘 오전 9시 인천시 만국공원 현지에서 거행되는데, 맥아더 장군은 운크라 단장과 콜터 장군을 통하여 다음과 같은 메시지를 보내왔다.
"이와 같은 영광에 감동되지 않는 사람은 없을 것입니다. 그처럼 오래도록 사귀고 그처럼 사랑하던 나라의 국민으로부터 보내온 이 영광, 말로서는 형용하기 어려운 감명을 본인에게 주는 것입니다. 그러나 이 기념상은 주로 단순히 한 인물을 추억하자는 것이 아니며, 고귀한 정의, 가장 오랜 역사를 지닌 민족의 국가적 자유에 대한 정의의 상징을 목적하는 것입니다. 그것이야말로 한국 국민이 이번 행사를 거행하는 정신인 것입니다. 어느 시대에 어느 사람이 보든지 이 동상은 자유에 대한 그들의 선언, 구속 없는 통일에 대한 요구입니다. (중략) 한국이 이 동상으로써 본인과 그같이 고귀한 이상을 영원히 결합시킨 것은 자랑스러운 감동과 경건한 마음에 본인을 감싸이게 하는 것이며, 이는

항상 저에게 남아 있을 것입니다." (1957)

중공계 상인과 수시 연락

확대일로에 있는 아편 국제밀수단은 국제전화로써 홍콩에 있는 중공계 상인과 아편 밀수 연락을 해온 것이 드디어 드러났다. 중국인 3명과 한국인 2명을 아편 밀수단으로 구속한 시경에서는 이들의 여죄를 계속 추궁하고 있는데, 이들은 홍콩에 있는 중공계 상인에게 수시로 아편 밀수에 대한 연락을 국제전화로써 취해온 새로운 밀수 방법을 밝혀냈다. 이날 탐문한 바에 의하면, 아편을 밀수함에 있어 그 대금을 KNA(대한민국항공사) 정비원 강씨를 시켜 송금하였다는 것인데, 강씨도 문초할 것이라고 한다. 한편 시경 사찰과에서는 국제밀수단의 조직과 규모, 그리고 교묘한 밀수 방법으로 미루어 시내에서 암매되고 있는 아편은 이들이 밀수해온 것이 아닌가 보고 있으며, 이에 대한 증거를 예의 추궁하는 한편 인천, 부산 등지에 형사대를 급파하고 있다. 현재 밀수단에 등장한 국내 인사는 8명에 달하고 있으며, 수배 중인 3명은 아직 체포되지 않았다. (1958)

식사와 구충제

채식을 주로 하는 한국 사람에게는 기생충을 가지고 있는 사람의 비율이 열 사람에 여덟 사람 정도라고 한다. 기생충 중에 심한 것은 회충, 십이지장충, 요충, 편충 등이 있는데, 그중에서 가장 많은 것이 회충과 십이지장충이다. 회충은 장 전체에 기생하는데, 특히 소장에 많다. 구제에는 산토닌을 위시해서 해인초 등이 있다. 산토닌은 회충의 대표적인 약이다. 이 약은 회충의 근육에 작용해서 흥분시키고 결국은 마비시켜서 배설하는 효력을 가지고 있다. 용법은 보통 공복 시에 어른이 0.05그램을 나눠서 3일간 계속해서 먹는다. 먹은 후 2시간 이내에는 식사를 하지 않는다. (1960)

엮어 읽기

어린 주인공이 겪는 전쟁 배경의 소설

1. 윤흥길의 〈장마〉(1973)

전쟁 때문에 외할머니와 이모가 찾아와 사랑채에서 살게 된 어느 날, 국군으로 전쟁에 나갔던 외삼촌의 전사 통지가 날아들어요. 이 일로 외할머니와 할머니 사이에는 갈등이 커지지요. 삼촌이 인민군으로 지금 산에 숨어 있기 때문입니다. 얼마 전 낯선 사람이 삼촌의 행방을 물었는데, 어린 '나'는 그가 삼촌의 친구인 줄 믿고 삼촌이 집에 다녀간 이야기를 해줬어요. 이 일로 아버지는 경찰서에 끌려가 다리까지 절룩이며 집에 돌아오고 '나'는 외출 금지를 당하지요.

이런 상황에서 할머니와 외할머니의 갈등은 깊어갑니다. 할머니는 무당으로부터 삼촌이 돌아올 날짜와 시간을 듣게 돼요. 그러나 그날 장마 속에 나타난 것은 삼촌이 아니라 커다란 구렁이였지요. 이것을 본 할머니는 정신을 잃어요. 외할머니는 삼촌이 구렁이의 몸을 빌려 돌아왔다고 믿고 마음을 달래주고 구렁이를 보내줍니다. 이 일로 할머니와 외할머니는 화해를 하지만 할머니는 세상을 떠나고 맙니다.

이념이 다른 삼촌과 외삼촌은 서로 적이 되어 전쟁에 나갔다가 돌아오지 못해요. 같은 나라 안에서 이념이 달라 대립했던 우리 민족의 모습이라 할 수 있지요. 날카롭게 대립했던 할머니와 외할머니는 똑같이 자식의 죽음을 겪고 서로의 아픔을 보듬어주게 돼요. '나'는 장마를 배경으로 가족의 아픔과 화해의 장면을 우리에게 전해줍니다.

2. 윤흥길의 〈기억 속의 들꽃〉(1979)

서울에서 피난 온 숙부네 가족이 떨쳐놓고 간 아이인 명선이가 '나'의 집에 오게 돼요. 피난민에게 시달린 어머니는 명선이 때문에 '나'에게 화를 내지만, 명선이가 내민 금가락지 때문에 어머니는 명선이를 받아줍니다.

그러나 명선이는 일은 안 하고 누나와 '나'만 쫓아다닙니다. 그런데 계집애 같은 명선이가 친구들과의 싸움에서는 번번이 이기지요. 맥을 못 추다가 밑에만 깔리면 괴성과 함께 무서운 힘으로 상대방을 벌렁 자빠뜨리는 거예요. 명선이는 '나'에게 피난길에서 부모가 죽던 순간을 이야기해 줍니다. 피난길에 폭음과 함께 정신을 잃었는데 깨어보니 어머니가 짓누르고 있었다고, 어머니는 죽어 있었다고 말이지요.

어머니의 구박이 시작될 즈음에 명선이가 금가락지를 하나 더 내놓아요. 반지를 내어놓으라는 아버지의 불호령에도 도리질만 하던 명선이는 집을 나가고 맙니다. 집을 나간 명선이는 맨몸으로 나무에 붙어 있었는데 아버지가 명선이의 이름표를 보고 다시 집으로 데리고 옵니다.

겨울 어느 날, '나'와 부서진 다리에서 놀다가 비행기 소리를 무서워하던 명선이가 다리에서 떨어져 죽어요. 얼마 뒤 '나'는 명선이가 떨어진 철근 다리로 가서 명선이의 반지가 든 주머니를 발견하지만, 이내 강물에 떨어뜨리고 맙니다.

부모의 죽음에 대한 처절한 기억, 전쟁에서 버려진 아이 명선이, 금반지 때문에 그 아이를 지키려는 어른들의 모습은 전쟁 후 상처 입은 세상의 모습이라 할 수 있을 것 같아요. '나'는 이름 없는 들꽃처럼 사라져 간 한 어린 소녀의 죽음을 통해 고통스러웠던 기억의 일부를 선명하게 보여줍니다.

3. 하근찬의 〈흰 종이수염〉(1959)

사친회비가 밀려 학교에서 쫓겨난 동길이는 집에 돌아와 그토록 기다리던 아버지가 돌아온 것을 알게 되어 반갑지만, 한쪽 팔이 없는 아버지 모습에 두려움을 느껴요.

다음 날 아버지는 동길이의 친구를 통해 동길이가 사친회비를 내지 못해 학교에서 쫓겨났다는 사실을 알게 되어 학교에 찾아가지요. 학교에 찾아온 동길이 아버지의 모습을 보고 친구들은 외팔뚝이라고 놀립니다.

한편 술을 잔뜩 마시고 집에 돌아온 아버지는 선생님에게 돌려받은 책보를 동길이에게 주면서 걱정하지 말고 열심히 공부하라고 말해요. 아버지는 원래 목수였지만 전쟁 때문에 한쪽 팔을 잃어 목공소에서 일할 수가 없는데, 취직을 했다고 말합니다.

다시 학교에 다니게 된 동길이는 하교하는 길에 광대 분장을 하고 극장의 광고판을 몸에 매달고 있는 사람을 발견해요. 호기심이 생겨 가까이에서 구경하던 동길이는 그 광대가 자신의 아버지라는 것을 알아차리지요. 창식이가 나무 꼬챙이로 아버지의 흰 종이수염을 건드리며 놀리는 광경을 본 동길이는 분노하며 창식이를 마구 때려요. 이를 본 아버지는 놀라서 달려와 동길이를 말립니다.

가난한 시골 목수인 동길이의 아버지는 6·25 전쟁 때 노무자로 동원되어 팔 하나를 잃고 돌아온 뒤, 가족의 생계를 위해 얼굴에 흰 종이수염을 붙이고 극장 광고판을 짊어지고 다닙니다. 소설 속에는 전쟁 장면이 직접 드러나지는 않습니다. 하지만 사친회비를 내지 못해 학교에서 쫓겨나는 동길이와 극장 광고판을 짊어진 아버지의 모습에서 전쟁 후 고단한 삶을 엿보게 됩니다.

다시 읽기

매기 언니를 죽인 미군은 어떤 벌을 받을까요?

이 소설의 배경은 한국전쟁 직후예요. 당시 미군 범죄에 대해 어떤 규정이 있었을까요?

대전협정

미군의 한국 주둔은 광복과 동시에 이루어졌어요. 제2차 세계대전에서 일본이 항복한 후 남한에 잔류해 있던 일본군의 무장 해제를 목적으로 1945년 9월 8일 주한 미군이 남한에 진주하게 되지요. 주한 미군은 1945년 한반도에 주둔한 이래 1949년 철수할 때까지 치외법권적인 지위를 가지고 있었어요. 한국전쟁이 발발하고 미군이 다시 연합국의 일원으로 참전하자 미군에 대한 치외법권적인 지위를 회복하고자 했습니다.

이에 1950년 주한 미대사관은 대한민국 외무부에 "미군에 대한 배타적 재판권은 미국 군법회의에 의해 행사되어야" 하며 "대한민국 정부는 어떤 경우에라도 미국 군대와 미국 기관에 복종하라고 지시할 수 없다"는 내용을 승인해줄 것을 요청했고, 1950년 7월 12일 임시 수도였던 대전에서 이를 승인하는 '대전협정'이 체결되었어요. 이로써 미군은 대한민국에서 다시 한 번 치외법권적인 지위를 누리게 되었지요.
대전협정에 따르면 매기 언니를 2층에서 던져버린 미군 병사는 우리나라 법정에서 재판을 받지 않았을 거예요. '미군에 대한 배타적 재판권은 미국 군법회의에 의해 행사'되기 때문이지요. 그래서 미군 병사가 미국 군법회의에 회부되었을지, 회부되었더라도 합당한 처벌을 받았을지 알 수 없습니다.

한미주둔군지위협정(SOFA)

그렇다면 전쟁이 끝난 이후 대한민국에 주둔하고 있는 미군들은 계속 치외법권적인 지위를 누렸을까요? 그렇지는 않아요.
이후 대전협정을 대체하기 위해 한미주둔군지위협정(Status of Forces Agreement, 약칭 SOFA)을 맺게 되는데, 1966년에 체결되어 1967년에 발효되었어요. 이후 1991년과 2001년 두 번의 개정을 거쳐 오늘에 이르고 있지만, 여전히 국민의 개정 요구가 계속되고 있지요. 이는 개정 이후 발생한 미군 범죄에 대해 국민들이 납득할 만한 결과에 이르지 못한 경우가 많았기 때문입니다.
1992년 동두천에 거주하던 술집 종업원 윤금이 씨가 케네스 마클에 의해 잔인하게 살해된 사건이 있었어요. 이후 그는 징역 15년을 선고받고 복역하다가 미군 당국이 배상금을 지급했다는 이유로 2006년 8월 가석방되어 미국으로 출국했답니다. 당시 케네스 마클은 수형 태도가 좋지 못했으며, 인터넷을 통해 영자신문에 소파

(SOFA) 개정에 반대하는 글을 기고하거나 스스로 요리를 해서 먹는 등 일반 수형자와 다른 대우를 받았다는 사실이 알려져 국민적 공분(公憤)을 사기도 했습니다.

2002년에는 경기도 양주에서 당시 여중생이던 신효순, 심미선 양이 훈련을 위해 이동 중이던 미군 장갑차에 치여 길에서 사망한 사건이 있었어요. 당시 장갑차의 운전병과 관제병은 '공무 수행 중'에 발생한 사건이라는 이유로 우리나라의 사법 당국이 아닌 미군 당국에 의해 재판을 받았고, 무죄가 선고되었습니다.

문제가 되는 내용들을 한번 살펴볼까요?

일반적으로 개별 국가의 형법 적용법은 자국 형법을 우선 적용하도록 규정하고 있고, 국제 사회도 원칙적으로 이를 인정하고 있어요. 즉 로마에서는 로마의 법을 따르는 것이 우선이라는 것이지요. 그러나 한미주둔지위협정(SOFA)의 실제 내용은 이와 반대입니다.

미군의 '결정'에 의해 재판권의 범위가 변경되면 대한민국 정부에 통고하고, 이러한 통고가 있으면 미군 당국이 재판권을 행사하는 것으로 합의해야 한다고 규정하고 있어요. 결국 미군의 통고를 그대로 따를 수밖에 없는 규정입니다.

또 미국에서는 범죄가 안 되지만 한국에서는 범죄인 행위를 한 미군에 대해 미군 당국이 별도로 징계하고자 하여 대한민국에게 재판권 포기를 요청하면 대한민국은 재판권을 포기해야 한다는 내용도 있어요. 분명히 우리나라의 법을 어겼다 해도 미국에서 위법한 일이 아니라면 처벌할 수 없게 되는 것입니다.

2002년 효순·미선 양 사건의 경우에도 '공무상 발생한 사건'이라는 점을 근거로 하여 미군이 재판권을 행사했어요. 공무상 범죄에 대해 미군이 재판 관할권을 가지는 것은 군사 관련 일이 가지는 은밀성과 독자성을 고려하면 수용할 수도 있지만, 공무 집행 중이라 하더라도 임무 수행과 직접적인 관련이 없는 행위에 대해서는 공무 집행 중의 범죄에서 제외해야 하는 것이 당연하지요. 그런데 문제는 사건이 발생했을 때의 일이 공무인지 아닌지는 전적으로 미군이 판단한다는 것입니다. 그러니까 미군이 공무라고 판단하면 그 입장을 그대로 수용할 수밖에 없다는 말입니다.

참고 문헌

도서

강준만, 《한국현대사 산책: 1950년대편 2권》, 인물과사상사, 2014.

김학재 외, 《한국현대 생활문화사 1950년대: 삐라 줍고 댄스홀 가고》, 창비, 2016.

우찬제, 《오정희 깊이 읽기》, 문학과지성사, 2007.

연구 논문

Vavrincova Zuzana, 〈50년대 중립국감독위원회를 통해 본 체코슬로바키아와 북한의 관계 연구〉, 서울대학교 국제대학원 석사학위논문, 2012.

곽상순, 〈오정희 소설에 나타난 죽음 - 〈유년의 뜰〉, 〈중국인 거리〉, 〈저녁의 게임〉을 대상으로〉, 《여성문학연구》 29, 한국여성문학학회, 2013.

김경희, 〈오정희 소설에 나타난 모성성 연구 - 〈중국인 거리〉, 〈번제〉를 중심으로〉, 《인문학연구》 33, 조선대학교 인문학연구원, 2005.

김민옥, 〈색채심리학으로 바라본 오정희 소설-〈유년의 뜰〉을 중심으로〉, 《비평문학》 58, 한국비평문학회, 2015.

김태정, 〈오정희 소설의 기법과 문체에 관한 연구〉, 동국대학교 문화예술대학원 석사학위논문, 1998.

김효신, 〈오정희의 성장소설 연구〉, 경희대학교 석사학위논문, 2001.

방민화, 〈오정희의 〈중국인 거리〉 연구〉, 《현대소설연구》 10, 한국현대소설학회, 1999.

오윤호, 〈오정희 소설에 나타난 '놀이'의 상상력〉, 《현대소설연구》 48, 한국현대소설학회, 2011.

정재림, 〈오정희 소설의 이미지 기억 연구〉, 《Comparative Korean Studies》 14-1, 국제비교한국학회, 2006.

정재현, 〈페미니즘 소설교육방법 연구 - 오정희의 〈중국인 거리〉를 중심으로〉, 서강대학교 교육대학원 석사학위논문, 2008.

조진숙, 〈중국인 거리〉의 문학교육적 활용 방안〉, 부산대학교 교육대학원 석사학위논문, 2015.

차미령, 〈원초적 환상의 무대화 - 오정희의 〈중국인 거리〉론〉, 《한국학보》 31-2, 일지사, 2005.

선생님과 함께 읽는 중국인 거리

1판 1쇄 발행일 2018년 9월 21일
1판 2쇄 발행일 2022년 6월 13일

지은이 전국국어교사모임

발행인 김학원
발행처 (주)휴머니스트출판그룹
출판등록 제313-2007-000007호(2007년 1월 5일)

주소 (03991) 서울시 마포구 동교로23길 76(연남동)
전화 02-335-4422 **팩스** 02-334-3427
저자·독자 서비스 humanist@humanistbooks.com
홈페이지 www.humanistbooks.com
유튜브 youtube.com/user/humanistma **포스트** post.naver.com/hmcv
페이스북 facebook.com/hmcv2001 **인스타그램** @humanist_insta

편집책임 문성환 **편집** 윤무재 **디자인** 한예슬 반짝반짝 **일러스트** 최아영
용지 화인페이퍼 **인쇄** 청아디앤피 **제본** 정민문화사

ISBN 979-11-6080-163-7 44810